花甲懂事集

张文木 / 著

山东人民出版社·济南

国家一级出版社 全国百佳图书出版单位

图书在版编目（CIP）数据

花甲懂事集 / 张文木著. --济南： 山东人民出版
社，2024.5
ISBN 978-7-209-15113-9

Ⅰ. ①花… Ⅱ. ①张… Ⅲ. ①诗集-中国-当代
②散文集-中国-当代 Ⅳ. ①I217.2

中国国家版本馆CIP数据核字（2024）第093851号

花甲懂事集
HUAJIA DONGSHI JI

主管单位	山东出版传媒股份有限公司	
出版发行	山东人民出版社	
出 版 人	胡长青	
社 址	济南市市中区舜耕路517号	
邮 编	250003	
电 话	总编室（0531）82098914	
	市场部（0531）82098027	
网 址	http://www.sd-book.com.cn	
印 装	山东新华印务有限公司	
经 销	新华书店	

规 格	32开（135mm×210mm）	
印 张	9.75	
字 数	180千字	
版 次	2025年3月第1版	
印 次	2025年3月第1次	
ISBN	978-7-209-15113-9	
定 价	78.00元	

如有印装质量问题，请与出版社总编室联系调换。

"功夫在诗外"：不懂政治和战略，有些名诗是读不懂、写不出的

　　诗歌是一种主情的文学体裁，它以文字间的节奏、韵律、排行的形式，以形象（思维）表达人的思想感情。在古代，不合乐的称为诗，合乐的则称为歌，现代一般统称为诗歌。

　　"诗言志"①是贯穿中国诗学的主线，与"言志"相对应的是"思无邪"②，"举一纲而万目张，解一卷而众篇明"③。抓住了这两个范畴，也就抓住了中国诗

────────────

① 《尚书·虞书·舜典》。
② 《论语·为政》。
③ 《十三经注疏·毛诗正义·诗谱序》。

学的"大纲"。①孔颖达《诗谱序》引郑玄注《尧典》
曰："诗所以言人之志意也。"

　　基于此,孔颖达《毛诗正义》、郑玄《诗谱序》
都认为诗不产生于伏羲、神农之时。《诗谱序》云:
"诗之兴也,谅不于上皇之世。"孔颖达对这句话解
释说:"上皇谓伏羲,三皇之最先者,故谓之上皇。郑
知于时信无诗者,上皇之时,举代淳朴,田渔而食,与
物未殊。居上者设言而莫违,在下者群居而不乱,未有
礼义之教,刑罚之威。为善则莫知其善,为恶则莫知其
恶。其心既无所感,其志有何可言? 故知尔时未有诗
咏。"②

一、在文学诸形式中,诗大概是最古老的形式

　　黑格尔说:"凡是现实的都是合乎理性的。"③事
物,即使进入自我否定阶段,在其出现之初一定有它的天
然合理性,不然它就不会出现。诗歌的出现也是这样。

　　"学之兴起,莫先于诗。"④诗歌产生于人民实
践。诗歌的起源最初是功能性的,也就是说诗歌的出现

---

① 《十三经注疏·毛诗正义·诗谱序》:"欲知源流清浊之所处,则循其上
下而省之;欲知风化芳臭气泽之所及,则傍行而观之,此《诗》之大纲也。"
② 《十三经注疏·毛诗正义·诗谱序》。
③ 〔德〕黑格尔:《法哲学原理·序言》,范扬、张企泰译,商务印书馆
1961版,第11页。
④ 〔宋〕程颢、程颐撰:《二程遗书》,上海古籍出版社2000年版,第
174-175页。

并不是为了"言志"，而是为了记录。比如人类早期的"史诗"，就是无文字时代先民们通过记忆和口口相传留下的对民族历史的最初的记载，而诗韵则是帮助先民们完成庞杂事件记忆的有效工具。英国作家埃德蒙·R.利奇在对缅甸部落文化的考察中发现：

> 这种献祭要求不歇气地吟诵传统史诗达8到10个小时，而献嘎纳只是这类献祭礼中的一种。在一个目瑙上，背诵史诗可以持续数天之久，能够完成这一壮举的祭司都拥有斋瓦①的称号。在1940年，整个八莫地区可能只有两到三位合格的斋瓦。如果有哪个帕朗人举行目瑙的话，他一定得花大价钱雇其中一位来才行。②

在结绳时代，远古部落没有书面文字，在部落仪式上他们采用诗或韵律语言的形式来讲述部落的历史。最初的诗继而史诗不可能是为了"言志"，而是出自个体和集体记忆及其档案贮存。当一个部落或当地人们遇到一些特别事件时，如战争、迁移、洪水，人们便很自然地用咏唱和舞蹈形式来记载和保存这些事实。换言之，那时部落档案只贮存于吟诵者——比如上面引文中的"斋瓦"——的大脑中。

---

① 斋瓦，是中国西南原始部落中有诵诗资质的祭师。
② ［英］埃德蒙·R.利奇：《缅甸高地诸政治体系》，杨春宇、周歆红译，商务印书馆2012年版，第242页。

美产生于生活实用。当物件，比如石碾、纺车等成为审美时，它就远离了实用。审美不仅是一种创造，更多的是人类对成功经验的记忆。可以推测，诵诗在文字没有出现前是一项初民部落贮存历史信息的工作，这种工作在初期是不亚于体力劳动的极为繁重的脑劳动，而正是这一脑劳动造就了人类体力劳动与脑力工作的最初分离，并由此产生了最早的"脑力劳动者"，即知识分子。当需要贮存的信息积累到个体脑劳动不能承载时，便出现了信息的脑外贮存形式——文字。由此，可进一步推测，在文学诸形式中，诗大概是最古老的形式。相对于散文的其他形式，有韵的诗最利于记忆。

只是文字出现后，这些贮存在大脑中的记忆信息便转化为文字，并得以大规模地实现部落、民族的个人和集体记忆的记录，并在这种记录中带入部落和民族的个人和集体的情感、经验等，由此产生内容丰富、结构宏大的长篇叙事史诗。比如古希腊荷马的《伊利昂纪》《奥德修纪》，古巴比伦的《吉尔伽美什》，印度的《摩诃婆罗多》《罗摩衍那》，德国的《尼贝龙根之歌》，法国的《罗兰之歌》，俄罗斯的《伊戈尔远征记》，我国藏族的《格萨尔王传》、蒙古族的《江格尔》、云南景颇族的《目瑙斋瓦》等。

这样，诗的功能就从单纯的帮助记忆的工具升华为孔颖达《毛诗正义序》开篇说的人类情感表达的文学形式：

夫《诗》者，论功颂德之歌，止僻防邪之训。虽无为而自发，乃有益于生灵。六情静于中，百物荡于外，情缘物动，物感情迁。若政遇醇和，则欢娱被于朝野，时当惨黩，亦怨刺形于咏歌。作之者所以畅怀舒愤，闻之者足以塞违从正。发诸情性，谐于律吕。故曰"感天地，动鬼神，莫近于《诗》"。此乃《诗》之为用，其利大矣。

二、诗言志

"仓廪实则知礼节，衣食足则知荣辱。"①解决了没有文字条件下的信息贮存需求后，诗的功能才从实用升华为社会教化，才可以进入如《尚书》倡导的"诗言志，歌永言，声依永，律和声"的高境。"言志"，孔颖达认为它不仅是个人情绪的"无为而自发"，同时它也具有"论功颂德"与"怨刺形于咏歌"的功能，"论功颂德所以将顺其美，刺过讥失所以匡救其恶"，在歌颂与批评中"诗所以言人之志意也"②。

诗，《说文解字》曰：志也。③那志的方向是什

---

① 《管子·牧民》。
② 《十三经注疏·毛诗正义·诗谱序》。
③ 〔汉〕许慎：《说文解字》，中华书局1963年版，第51页。

么呢？孔子说："志于道。"①这样，"道"与"志"在"诗言志"的语境中就成为不可分割的统一体。也就是说，只有理解"道"才能认识"志"，从而认识"诗"或"诗言志"所蕴含的如吴宓先生所说的"诗以载道"②的真谛。孔子说："朝闻道，夕死可矣。"③那么，"道"，进而"诗"与"志"，其本质是什么？在不同的语境下，古代思想家们有时候表述为"义"，比如孟子说："大人者，言不必信，行不必果，惟义所在。"④有时候表述为"仁"或"礼"，孔子说："士志于道，而耻恶衣恶食者，未足与议也。"⑤同时孔子也说："苟志于仁矣，无恶也。""君子去仁，恶乎成名？"⑥孔子还说："克己复礼为仁。"⑦志，帜也。⑧主张也。

　　"道""志""诗"在中国古代大儒的学说中总是

①《论语·述而》："志于道，据于德，依于仁，游于艺。"《论语·里仁》："士志于道，而耻恶衣恶食者，未足与议也。"
②"韩昌黎谓'文以载道'。此道非仅儒家之道、孔孟之道，实即万事之本原、人生之真理，如上所说者是也。予谓诗亦以载道。盖诗乃晓示普遍根本之原理者，特必出于艺术之方式，而有感化之功能耳。是故诗以载道，且以布道。"吴宓：《吴宓诗话》，商务印书馆2005年版，第43页。
③《论语·里仁》。
④《孟子·离娄下》。
⑤《论语·里仁》。
⑥《论语·里仁》。
⑦《论语·颜渊》。
⑧"设兵张旗志。"许嘉璐主编：《二十四史全译·史记》第2册，汉语大词典出版社2004年版，第2248页。

讲政治的。孔子说："诵《诗》三百，授之以政。"①董
仲舒说："道，王道也。王者，人之始也。"②诗是政
治理念的表达。至于礼义诗乐，都是载"道"的工具：
"道者，所繇适于治之路也，仁义礼乐皆其具也。"③

当记忆功能让位于审美功能后，诗的标准也发生了
变化，思想性成了评价诗歌的标准。

西晋陆机在《文赋》中认为诗文的作用在于"济
文武于将坠，宣风声于不泯"④。故而诗文最忌讳的是
"辞浮漂而不归"，好诗文则要"立片言以居要，乃一
篇之警策"⑤。吕居仁⑥评曰："此要论也。文章无警
策，则不足以传世，盖不能竦动世人。如杜子美及唐人
诸诗，无不如此。但晋宋间人专致力于此，故失于绮靡
而无高古气味。杜诗云'语不惊人死不休'，所谓'惊

① 《论语·子路》。
② 《春秋繁露义证》。
③ 《汉书》卷五十六《列传二十六·董仲舒传》。
④ "伊兹文之为用，固众理之所因。恢万里而无阂，通亿载而为津。俯贻则
于来叶，仰观象乎古人。济文武于将坠，宣风声于不泯。途无远而不弥，理无
微而弗纶。配霑润于云雨，象变化乎鬼神。被金石而德广，流管弦而日新。"
译文："文章的作用，各种道理依靠它而宣扬。包举万里而无隔阂，融通亿载
而为津梁。往下遗法则于来世，向上又见古人之遗风。是要让文武之道得处未
坠之地，宣颂风雅之声于不泯灭之时。天地间，道无远近而无不充塞，理无细
微而无不相合。辅以云行雨施霑润万物，幽明变化通乎鬼神。文章刻在金石之
上而德广不衰，播于管弦而日见其新。"〔南朝梁〕萧统编，张葆全、胡大雷
主编：《文选译注》，上海古籍出版社2020年版，第456页。
⑤ 〔南朝梁〕萧统编，张葆全、胡大雷主编：《文选译注》，上海古籍出版
社2020年版，第453-454页。
⑥ 吕本中（1084—1145），字居仁，号紫微，世称东莱先生，祖籍莱州，
寿州（治今安徽凤台）人。两宋之际的南渡诗人、词人、道学家。

人语'，即警策也。"①如果放到"诗言志"的语境中就是，好诗不能仅仅是个人私意的宣泄，它应当有救世道于未坠之地，颂风雅于不泯之时的济世功用。孔子赋予诗四种社会功能："《诗》可以兴，可以观，可以群，可以怨。"②意思是说：诗可以启发想象力，可以提高观察力，可以培养合群性，可以发泄人的怨气。用司马迁的话说，就是可以"发愤之所为作"③。

"诗以载道，且以布道"④，这是中国传统诗歌创作中的重要经验，也是对"诗言志"这一古训的补充诠释。与两千多年前的司马迁命运相似，杜甫在诗中反映出的"朱门酒肉臭，路有冻死骨。荣枯咫尺异，惆怅难再述"⑤的人民苦难，以及杜甫从人生实践中用诗总结出的积极且深刻的生活和政治经验，使杜甫在中国诗歌创作史上获得"诗圣"的殊荣。

"圣"，老子说："圣人无常心，以百姓心为心。"毛泽东直说："老百姓也是圣贤。"⑥"政者，正

① 〔清〕乾隆御定：《唐宋诗醇》，上海科学技术文献出版社2020年版，第337页。
② 刘俊田、林松、禹克坤译注：《四书全译》，贵州人民出版社1988年版，第305页。
③ 许嘉璐主编：《二十四史全译·史记》第2册，汉语大词典出版社2004年版，第1558页。
④ 吴宓：《吴宓诗话》，商务印书馆2005年版，第43页。
⑤ 〔唐〕杜甫：《自京赴奉先县咏怀五百字》。
⑥ 转引自张孝评：《毛泽东文艺思想与中国传统文化》，西安出版社2009年版，第182页。

也。"①"农用八政"，孔颖达疏："食为八政之首，故以农言之。""农，厚也，厚用之，政乃成。"②"民惟邦本，本固邦宁。"③民本为政，"诸侯之宝三，土地，人民，政事"④。政者，百姓衣食住行为正治。正，止于一，一者，民之死生存亡也。杜甫关注民生，故称"诗圣"，乃反映人民感受的诗人也。杜甫的诗"是政治诗"⑤。

诗言志，难道诗不可以言情吗？也就是说，男女之情难道就不能入诗吗？这牵扯到"诗言志"与"诗言情"这两大创作原则的关系。关于此，朱熹说得清楚：

> 经，常也。女正位乎内，男正位乎外，夫妇之常也。孝者，子之所以事父。敬者，臣之所以事君。诗之始作，多发于男女之间，而达于父子君臣之际，故先王以诗为教。使人兴于善而戒其失，所以道夫妇之常，而成父子君臣之道也。三纲既正，则人伦厚，教化美，而风俗移矣。⑥

① 《论语·颜渊》。
② 《十三经注疏·尚书正义》。
③ 《十三经注疏·尚书正义》。
④ 《孟子·尽心下》。
⑤ 中共中央文献研究室编：《毛泽东年谱（1949—1976）》第3卷，中央文献出版社2013年版，第308页。
⑥ 〔宋〕朱熹撰，朱杰人、严佐之、刘永翔主编：《朱子全书》第1册，上海古籍出版社、安徽教育出版社2002年版，第343-344页。

朱熹的学说并不是有人曲解的"伪道学"①。朱熹说："圣贤千言万语，只是教人明天理，灭人欲。"②但朱熹这里所说的"天理"是基于对饮食男女的尊重之上的。学者认为，朱熹"所灭的人欲是指人欲中的私欲，而不是人的客观物质欲望"③。在诗歌创造中，朱熹将男女之情当作"诗之始作"，是情与理的统一。情是基础，理，也就是"道""志"等，是情的归宿。情是用于载道的。"经，法也"；常，下裙也，或从衣④，百姓日用也。孔子说："禹、稷躬稼而有天下。"⑤李贽在写给友人邓石阳的信中说："然世间惟下下人最多，所谓滔滔者天下皆是也。若夫上上人，则举世绝少，非直少也，盖绝无之矣。"⑥故此，"穿衣吃饭即是人伦物理。除却穿衣吃饭，无伦物矣。世间种种，皆衣与饭类耳，故举衣与饭而世间种种自然在其中，非衣饭之外更有所谓种种绝与百姓不相同者

---

① 李贽反对理学空谈，针对当时官学和知识阶层独奉儒家程朱理学为权威的情况，贬斥程朱理学为伪道学，揭露道学家的丑恶面目。李贽在社会价值导向方面，批判重农抑商，扬商贾功绩，倡导功利价值，针对朱熹"存天理，灭人欲"的说教，李贽提出了"穿衣吃饭，即是人伦物理。除却穿衣吃饭，无伦物矣"的进步思想。刘传标编著：《福建历史文化名人概览·李贽》，九州出版社2023年版，第81页。
② 〔宋〕朱熹撰，朱杰人、严佐之、刘永翔主编：《朱子全书》第14册，上海古籍出版社、安徽教育出版社2002年版，第367页。
③ 蔡方鹿：《朱熹与中国文化》，贵族人民出版社2000年版，第125页。
④ 〔汉〕许慎：《说文解字》，中华书局1963年版，第159页。
⑤ 《论语·宪问》。
⑥ 〔清〕李贽：《焚书·续焚书》，岳麓书社1998年版，第10页。

也"①。同样的说法朱熹也有，他说"正人""是平平底人"②。

　　"经，常也。"③段玉裁注："三纲五常六艺谓之天地之常经。"④是故"圣人之道"，在传统文化与马克思主义相结合的语境下就是人民之道，就是为人民服务；"诗言志"，诗歌要以人民为总念。这一点也是流淌在笔者诗歌创作中的原则——在笔者的心目中它何止是原则，它简直就是真理。从这个意义上说，诗歌创造要有生死感，只有在生死边际上才能尽脱"绮靡"而近"高古"，才能产生"朱门酒肉臭，路有冻死骨。荣枯咫尺异，惆怅难再述"的传世名句。故此，孔子告诉他的儿子说："不学诗，无以言。"⑤

三、比与兴

　　都在"言志"，但诗与散文不同。散文可以无韵，但诗也不是韵脚的堆砌，也就是说，仅是押韵，不一定就是诗。除韵脚外，诗贵在"形象思维"。形象思维是借用对物的形状描写来抒发作者的情绪和"言志"的诗

---

① 〔清〕李贽：《焚书·续焚书》，岳麓书社1998年版，第4页。
② 〔宋〕朱熹撰，朱杰人、严佐之、刘永翔主编：《朱子全书》第17册。上海古籍出版社、安徽教育出版社2002年版，第2713页。
③ 〔宋〕朱熹撰，朱杰人、严佐之、刘永翔主编：《朱子全书》第1册。上海古籍出版社、安徽教育出版社2002年版，第343页。
④ 〔汉〕许慎撰，〔清〕段玉裁注：《说文解字注》，上海古籍出版社1981年版，第644页。
⑤ 《论语·季氏》。

意形式。1965年7月21日，毛泽东在给陈毅的信中提出
"形象思维"的原则，他说：

　　诗要用形象思维，不能如散文那样直说，所以
比、兴两法是不能不用的。赋也可以用，如杜甫之《北
征》，可谓"敷陈其事而直言之也"，然其中亦有比、
兴。"比者，以彼物比此物也"，"兴者，先言他物以
引起所咏之词也"。韩愈以文为诗；有些人说他完全不
知诗，则未免太过，如《山石》，《衡岳》，《八月
十五酬张功曹》之类，还是可以的。据此可以知为诗之
不易。宋人多数不懂诗是要用形象思维的，一反唐人规
律，所以味同嚼蜡。[1]

　　形象思维的对应概念是抽象思维。前者是感性的，
后者是理性的。文学作品尤其是诗词中的抽象思维的内
容须用形象思维来显现。黑格尔说："美就是理念的感
性显现。"[2]毛泽东提出的"形象思维"的原则与黑格
尔说的"感性显现"，都深刻地反映出了文学艺术的特
质。清人袁枚说："凡作人贵直，而作诗文贵曲。"[3]

---

① 毛泽东：《致陈毅》（1965年7月21日），《毛泽东书信选集》，人民出
版社1984年版，第608页。
② 〔德〕黑格尔：《美学》第1卷，朱光潜译，商务印书馆1996年版，第
142页。
③ 〔清〕袁枚著，唐婷注译：《随园诗话》，长江文艺出版社2019年版，第
81页。

毛泽东说:"宋人多数不懂诗是要用形象思维的,一反唐人规律,所以味同嚼蜡。"

毛泽东——还有黑格尔——的这些论述是文学艺术创作者应当深刻体会的。

四、诗歌本质上是实践的

01 历史上国家的文化高峰与经济高峰是在此消彼长的不平衡中推进的

马克思说:"关于艺术,大家知道,它的一定的繁盛时期决不是同社会的一般发展成比例的,因而也决不是同仿佛是社会组织的骨骼的物质基础的一般发展成比例的。"[①]恩格斯也有同样的看法,他说:"经济上落后的国家在哲学上仍然能够演奏第一提琴:十八世纪的法国对英国(而英国哲学是法国人引为依据的)来说是如此,后来的德国对英法两国来说也是如此。"[②]马克思恩格斯揭示出历史上文化的高峰与经济的高峰是在相互交错和此消彼长的不平衡中出现的。

朱熹也发现了这一规律性的现象,他说:"大率文章盛,则国家却衰。如唐贞观、开元都无文章,及韩昌黎、

---

① 马克思:《〈政治经济学批判〉序言》,《马克思恩格斯选集》第2卷,人民出版社1972年版,第112–113页。
② 《恩格斯致康·施米特》(1890年10月27日),《马克思恩格斯选集》第4卷,人民出版社1972年版,第485页。

柳河东以文显，而唐之治已不如前矣。"① "有治世之
文，有衰世之文，有乱世之文。"六经，治世之文也。如
《国语》委靡繁絮，真衰世之文耳。是时语言议论如此，
宜乎周之不能振起也。至于乱世之文，则战国是也，然
有英伟气，非衰世《国语》之文之比也。"②

　　这种文化与经济的不平衡发展规律从世界范围看，
在我国宋代表现得尤为典型。英国学者安格斯·麦迪森
（Angus Maddison）研究表明，"西欧收入在公元1000
年左右处于最低点。其水平显著低于其在公元1世纪时
的水平，也低于同期的中国、印度以及东亚、西亚的其
他地区的水平"；麦迪森同时也认为"11世纪是西欧经
济开始上升的转折点"③。这就是说，我国宋朝在经济
处于世界经济发展巅峰的同时，也处于世界历史政治转
换即工业文明取代农业文明的新起点，这个新起点也是

---

① 〔宋〕朱熹撰，朱杰人、严佐之、刘永翔主编：《朱子全书》第18册，上
海古籍出版社、安徽教育出版社2002年版，第4294页。
② 〔宋〕朱熹撰，朱杰人、严佐之、刘永翔主编：《朱子全书》第18册，上
海古籍出版社、安徽教育出版社2002年版，第4288页。
③ 〔英〕安格斯·麦迪森：《世界经济千年史》，伍晓鹰等译，北京大学出
版社2003年版，第30页。

我国封建社会开始衰落的历史节点[1]，用马克思的话说，
这就是"历史向世界历史的转变"[2]的节点。

　　宋代经济成就曾达到很高的水平，与此同时，人
的认识与实际却是渐行渐远，唯心主义成了意识形态的
主流。整个社会的文风委靡而烦絮，辞浮漂而不归。北
宋末期周敦颐及其学生程颢、程颐将"太极"之说推高
至普世"天理"，认为"理则天下只是一理，故推至四
海而准"。[3]这时的"理"，类似今天一些人讲的所谓
高于具体国情的"普世价值"。这导致宋代政学两界虚
无风盛：为事者"不事其本，而先举其末"[4]，为政者
则"好同而恶异，疾成而喜败"[5]。人取仕途功名的路
径与实际经验严重脱节[6]，这使朝廷官员的政治见识多

---

[1] "几乎所有的权威人士都认为，在宋朝，中国经济出现了强劲发展新势
头，人口急剧增加，农业有了明显的进步，专业化和贸易加强了，城市经济也
更加繁荣。""我们有理由认为，宋朝的经济增长速度确实很快。人口增长的
速度明显增加了，人均国民收入好像也有可能增加了。""到了宋朝时，有
充分的理由相信，欧洲已大大落后于中国的水平了。我认为宋朝时的人均收
入增长了大约三分之一。从14到17世纪，极有可能又降下来了，而在明清两
朝的漫长年代里，可能大致保持了平稳。"〔英〕安格斯·麦迪森：《中国经
济的长远未来》，楚序平、吴湘松译，新华出版社1999年版，第32、33、
35-36页。
[2] 马克思恩格斯：《费尔巴哈》，《马克思恩格斯选集》第1卷，人民出版社
1972年版，第51页。
[3] 《二程遗书》卷二上，上海古籍出版社2000年版，第89页。
[4] 〔宋〕苏辙：《上皇帝书》，《苏辙集》，中华书局1990年版，第379页。
[5] "今世之士大夫，好同而恶异，疾成而喜败，事苟不出于己，小有龃龉不
合，则群起而噪之。"〔宋〕苏辙：《上皇帝书》，《苏辙集》，中华书局
1990年版，第378页。
[6] "宋之得才，多由进士。"许嘉璐主编：《二十四史全译·宋史》，汉语
大词典出版社2004年版，第3008页。

流于"纸上空谈耳"①。苏辙曾向皇帝痛陈:"今世之取人,诵文书,习程课,未有不可为吏者也。其求之不难而得之甚乐,是以群起而趋之。凡今农工商贾之家,未有不舍其旧而为士者也。为士者日多,然而天下益以不治。举今世所谓居家不事生产,仰不养父母,俯不恤妻子,浮游四方,侵扰州县,造作诽谤者,农工商贾不与也。祖宗之世,士之多少,其比于今不能一二也。然其削平僭乱,创制立法,功业卓然,见于后世,今世之士,不敢望其万一也。"②这种现实与盛唐时那"纨绔不饿死,儒冠多误身"③的情势形成鲜明反差。

人的思想及其理论一旦脱离实际,学风也就随之堕落,接踵而至的就是国家的衰落。与苏辙同代的司马光也感受到空谈普世价值(即所谓"天理")给国家带来的危险。他虽身系朝政,却无力回天,无奈只有将自己对国家前途的忧虑寄托于笔下。司马光笔下的《资治通鉴》"专取关国家盛衰,系生民休戚"④的历史事件,其目的是"鉴前世之兴衰,考当今之得失"⑤。全书因事命篇,直面矛盾,以周天子导致国家分裂、诸侯雄起

① 毛泽东读北宋策论时的批注。转引自陈晋:《读毛泽东札记》,生活·读书·新知三联书店2009年版,第93页。
② 〔宋〕苏辙:《上皇帝书》,《苏辙集》中华书局1990年版,第370–371页。
③ 〔唐〕杜甫:《奉赠韦左丞丈二十二韵》。
④ 〔宋〕司马光:《进资治通鉴表》,王仲荦等编注:《资治通鉴选》,中华书局1965年版,第397页。
⑤ 〔宋〕司马光:《进资治通鉴表》,王仲荦等编注:《资治通鉴选》,中华书局1965年版,第398页。

的政策失误开篇①，记载了长达1362年的历史，一个故事一摊血，没有口号，绝无大话，更无空话。它犹如暗夜里的闪电，晴空中的惊雷，与当时那严重脱离实际、空论普世理学的学风形成强烈的对比。

中国近代以来经世致用的学风兴起于湘湖地区，这是因为湘湖一带是中国历代尤其是宋、明两代亡国后从中原逃难的文人汇聚之地。亡国了，就不会空谈了。面对江北昨天还属自己，而今却易手他族的大好河山，这时的文人做学问就不会再有"也无风雨也无晴"②的闲情了，而"醉游太白呼峨岷，奇才剑客结楚荆"③，"待从头，收拾旧山河，朝天阙"④则成了那一时期涌动在南逃文化人心中的主流意识。南宋朱熹在岳麓书院

---

① 司马光将国家分裂看作万恶之首并以此为通鉴的开篇，他毫不留情地指出：韩、赵、魏"受天子之命而为诸侯"，"非三晋之坏礼，乃天子自坏之也"。它导致"天下以智力相雄长，遂使圣贤之后为诸侯者，社稷无不泯绝，生民之类糜灭几尽"。（〔宋〕司马光：《资治通鉴》卷一《周纪一》，中华书局1956年版，第6页。）宋神宗在为通鉴写的序中也认为："威烈王自陪臣命韩、赵、魏为诸侯，周虽未灭，王制尽矣！"（〔宋〕司马光：《资治通鉴》第1册《宋神宗资治通鉴序》，中华书局1956年版，第29页。）毛泽东说："司马光所以从周威烈王二十三年写起，是因为这一年中国历史上发生了一件大事，或者说是司马光认为发生了一件大事。""这年，周天子命韩、赵、魏三家为诸侯，这一承认不要紧，使原先不合法的三家分晋变成合法的了，司马光认为这是周室衰落的关键。"（薛泽石：《听毛泽东讲史》，中央文献出版社2003年版，第361页）
② 〔宋〕苏轼：《定风波》。
③ 〔宋〕刘过：《多景楼醉歌》。
④ 〔宋〕岳飞：《满江红》。

开一代新风[1]，后经明朝王阳明、王船山等力推，促成了中国文化的近代觉醒，出现了曾国藩、左宗棠、张之洞等及后来的一大批身体力行、经世致用的知识分子。

国破家亡造成南宋诗文的觉醒，而盛世繁华反导致北宋诗歌的浮漂不归。

02 "纸上得来终觉浅，绝知此事要躬行"

诗歌是人类抒情言志的载体，而其情其志的高下不主要取决于作者的文字技巧，而是取决于作者人生实践的深度。生逢北宋亡国之际的爱国主义诗人陆游对此有深刻的体会。他在75岁时就如何写诗告诉儿子：

古人学问无遗力，少壮功夫老始成。纸上得来终觉浅，绝知此事要躬行。[2]

他在给儿子的另一首诗中，从自己的创作经验中提炼出"功夫在诗外"[3]的创作理论：

我初学诗日，但欲工藻绘。中年始少悟，渐若窥宏大。怪奇亦间出，如石漱湍濑。数仞李杜墙，常恨欠领

① 乾道三年（1167年），朱熹应岳麓书院的山长张拭之邀来书院讲学，盛况空前，两位大师的论学，成了历史上有名的"朱张会讲"，大大推动了宋代理学和古代哲学的大发展。
② 〔宋〕陆游：《冬夜读书示子聿》。
③ 〔宋〕陆游《示子遹》："汝果欲学诗，功夫在诗外。"

会。元白才倚门，温李真自郐^①。正令笔扛鼎，亦未造
三昧^②。诗为六艺一，岂用资狡狯？汝果欲学诗，功夫
在诗外。

　　陆游在诗中说他最初学写诗的时候，只追求文辞华
美。中年才有领悟，逐渐窥察出诗境的宏大。"怪奇"
诗句偶尔写出，有如顽石被急流冲洗。李白、杜甫像数
仞高墙，常恨自己领会不深。元稹、白居易只能说才在
门边，温庭筠、李商隐显然还不值一提。即使是扛鼎之
作，也没有达到"三昧"的境界。诗是六艺之一，不能
耍小聪明，把写诗当笔墨游戏。陆游特别叮嘱儿子说：
你果真要学习写诗，那作诗的功夫来自诗外的历练。

　　陆游写这首诗时已84岁，他两年后去世。这首诗可
以说是陆游为儿子留下的诗歌创作经验的毕生总结和精
辟概括。

　　03　禅与儒：解释世界和改造世界

　　尽管唐诗是中国诗歌史上的高光时刻，但并非无可
挑剔，相反却大有重新总结的地方。

　　马克思说："哲学家们只是用不同的方式解释世

──────────

① 自郐：郐指春秋时的郐国，据《左传》记载，吴公子季札到鲁国观乐，对
各国音乐都给以评论，但"自郐以下无讥焉"，意思是自郐国以下的音乐不值
一评。后将等而下之、不值一评的作品称"自郐"。
② 三昧：佛教用语，指真谛。

界，而问题在于改变世界。"①这句马克思的墓志铭也有助于我们更好地理解和总结唐诗。

　　唐诗读多了就会发现，其领军人物李白和杜甫代表两种认识路线。李白的认识论的基础是佛学中的禅宗，禅宗是魏晋玄学与西传佛学结合的产物，禅宗本质是以私念为核心的虚无，其特点是着眼于无关痛痒的解释世界，而不着眼于需要牺牲的改变世界。禅宗因此在晚期也走向堕落。"中唐至北宋，禅宗进入了空前繁荣的局面"②，它在北宋被推向高潮并弥漫于知识分子中，以至二程先生③看到北宋学者"习庄、老之众""多溺于佛说""谈空寂者纷纷"的现实，说这些人"深固者亦难反"，痛呼："清谈甚，晋室衰。"④北宋文人多以"横看成岭侧成峰"⑤"也无风雨也无晴"⑥——实则是"游移于两端的无定见"⑦或曰"不担当"——的玩世或曰"躺平"心态对待国家和政治问题。1964年8月18

① 马克思：《关于费尔巴哈的提纲》，《马克思恩格斯选集》第1卷，人民出版社1972年版，第19页。
② 刘向阳编著：《禅诗三百首》，大众文艺出版社2004年版，第240页。
③ 二程先生：北宋理学家程颢和程颐。
④〔宋〕程颢、程颐：《二程集》下，中华书局1981年版，第1196页。
⑤〔宋〕苏轼：《题西林壁》："横看成岭侧成峰，远近高低各不同。不识庐山真面目，只缘身在此山中。"
⑥〔宋〕苏轼《定风波》："莫听穿林打叶声，何妨吟啸且徐行。竹杖芒鞋轻胜马，谁怕？一蓑烟雨任平生。料峭春风吹酒醒，微冷，山头斜照却相迎。回首向来萧瑟处，归去，也无风雨也无晴。"
⑦ 郭沫若：《李白与杜甫》，《郭沫若全集·历史编》第4卷，人民出版社1982年版，第4页。

日，在北戴河，毛泽东与康生、吴江等谈哲学问题，他说："宋明理学是从唐代的禅宗来的，从主观唯心论到客观唯心论。"①

　　明末清初大学问家顾炎武说得更绝："今之所谓理学，禅学也。"他甚至认为北宋理学完全与孔孟儒学无关，他说："'《论语》，圣人之语录也。'舍圣人之语录，而从事于后儒，此之谓不知本矣。"②学者认为，这"一方面是提示这种'禅学化的理学'的根源可以追溯至程门高第，另一方面则是强调儒学之'本'是孔子，应当根据孔子的学说来衡量后世学术理论的正误与价值，而不能本末倒置"③。

　　杜甫、陈子昂与韩愈是积极的儒家路线。韩愈是反佛的，唐朝反佛是北魏崔浩④反佛路线的继续。北魏

---

① 中共中央文献研究室编：《毛泽东年谱（1949—1976）》第5卷，中央文献出版社2013年版，第390页。

② "然愚独以为理学之名，自宋人始有之。古之所谓理学，经学也，非数十年不能通也。故曰：'君子之于《春秋》，没身而已矣。'今之所谓理学，禅学也，不取之五经而但资之语录，校诸帖括之文而尤易也。又曰：'《论语》，圣人之语录也。'舍圣人之语录，而从事于后儒，此之谓不知本矣。"〔清〕顾炎武：《与施愚山书》，《顾亭林诗文集》，中华书局1959年版，第58页。

③ 郭齐勇主编，吴根友著：《中国哲学通史·清代卷》，江苏人民出版社2021年版，第262页。

④ 崔浩（381—450），字伯渊，清河郡东武城（今山东武城西北）人。南北朝时期北魏杰出的政治家、军事家。历仕北魏道武帝、明元帝、太武帝三朝，是太武帝最重要的谋臣，深受其倚信。他屡次力排众议，判断时机，辅佐太武帝灭胡夏、北凉等国，击破柔然，解除了来自北方和关中地区的军事威胁，打开了通往西域的商道。其间，坚定支持北魏太武帝的反佛政策。

的崛起，崔浩反佛立了大功①；北宋的灭亡，禅风泛滥
当为首因。 如果说玄学在东汉之后还有解放思想的作
用②，那么到唐时它已与禅宗合流并滴水穿石地销蚀着
中华文化中的部分斗争意识。③鲁迅笔下的"阿Q"，
可以说是禅宗的极端堕落表现。④可喜的是，就在鲁迅
先生发表《阿Q正传》的当年，中国共产党成立。此
后，中华传统文化与马克思列宁主义相结合，"发展出
中华文明的现代形态"⑤。

　　禅诗多出于知识分子中那些在社会实践中失败并

① 参见张文木：《基督教佛教兴起对欧亚地区竞争力的影响》第二章第六部
分"历史的回声：从商鞅到崔浩"，清华大学出版社2015年版，第163-169
页。
② 毛泽东说："玄学的主流是进步的，是魏晋思想解放的一个标志。"中共
中央文献研究室：《毛泽东年谱（1949—1976）》第6卷，中央文献出版
社2013年版，第592页。
③ "可以说，玄学在南北朝之时成了佛教的接引婆，使佛教顺利地完成了中
国化。其禅宗更是结合玄学的虚无、自然和佛教的空而成的新产物。等到了隋
唐，佛教达到鼎盛，反而开始攻击道家和儒家，欲取代中国固有传统。"谭明
冉主编：《儒道同源》，山东人民出版社2019年，第235页。
④ 《阿Q正传》是鲁迅1921—1922年创作的中篇小说。阿Q是贫苦农民，
"精神胜利"是阿Q典型的性格特征。小说中阿Q受尽欺压凌辱反而自我安
慰，自轻自贱。甚至在莫名其妙要被杀头的情况下，他还以为自己是精神上的
"胜利者"。有学者认为："儒教的中庸之道，道家的遁世主义，禅宗的天命
观念正是精神胜利法的哲学基础。"叶鹏：《论精神胜利法与阿Q典型》，任
访秋主编：《文学论丛》，河南人民出版社1983年版，第18页。
⑤ "马克思主义把先进的思想理论带到中国，以真理之光激活了中华文明的
基因，引领中国走进现代世界，推动了中华文明的生命更新和现代转型。从民
本到民主，从九州共贯到中华民族共同体，从万物并育到人与自然和谐共生，
从富民厚生到共同富裕，中华文明别开生面，实现了从传统到现代的跨越，发
展出中华文明的现代形态。"习近平：《在文化传承发展座谈会上的讲话》
（2023年6月2日），《求是》2023年第17期。

因此向往自然山水、逃避实践的失意"隐士"。这类诗歌的特点是回避中国传统文化中"格物致知""实事求是""具体问题具体分析"这些在确定的时空中确定具体真理的科学方法，用多元或相对时空来否定或淡化乃至"空化"人的实践探索真理的可能性、必要性、必然性。①比如李白在《古风》一诗开篇盛赞"秦王扫六合，虎视何雄哉"，可到结尾处一句"但见三泉下，金棺葬寒灰"，又否定了秦王的实践意义。李白入朝前高呼"仰天大笑出门去，我辈岂是蓬蒿人"，"赐金放还"②后就萌生"人生得意须尽欢，莫使金樽空对月"的消极退意。

毛泽东知道李白的禅心可以作诗但不能成事，说："李白讲秦始皇，开头一大段就说他了不起，'秦王扫六合，虎视何雄哉。挥剑决浮云，诸侯尽西来'一大篇，只是屁股后头搞了两句'但见三泉下，金棺葬寒灰'，就是说他还是死了。你李白呢？尽想做官！结果充军贵州。"③

① 关于禅诗，可参见刘向阳编著：《禅诗三百首》，大众文艺出版社2004年版。
② 公元742年，唐玄宗召42岁的李白进官。李白只干了一年，他那"益骜放不自修"的禅仙做派使玄宗远离了他。李白提出辞职，史载："（李白）恳求还山，帝赐金放还。白浮游四方，尝乘舟与崔宗之自采石至金陵，着宫锦袍坐舟中，旁若无人。"许嘉璐主编：《二十四史全译·新唐书》第7册，汉语大词典出版社2004年版，第4341页。
③ 中共中央文献研究室编：《毛泽东年谱（1949—1976）》第6卷，中央文献出版社2013年版，第485页。

北宋晚期，其间"唯释氏之说衍蔓迷溺至深"①，王朝政治风雨飘摇，靖康之难的阴影日益逼近，司马光、程颢、程颐这些同时代的优秀学者看到禅学的危害性，忧心忡忡。②这在二程先生的遗作遑论司马光的著作中被批得体无完肤，说这些禅人尽是一些"不可以治天下国家者"：

释氏有出家出世之说。家本不可出，却为他不父其父，不母其母，自逃去固可也。至于世，则怎生出得？既道出世，除是不戴皇天，不履后土始得，然又却渴饮而饥食，戴天而履地。③

谈禅者虽说得，盖未之有得。其徒亦有肯道佛卒不可以治天下国家者，然又须道得本则可以周遍。④

要之，释氏之学，他只是一个自私奸黠，闭目合眼，林间石上自适而已。⑤

①〔宋〕程颢、程颐撰：《二程遗书》，上海古籍出版社2000年版，第89页。

②"观秦中气艳衰，边事所困，累岁不稔。昨来馈边丧亡，今日事未可知，大有可忧者；以至士人相继沦丧，为足妆点关中者，则遂化去。"〔宋〕程颢、程颐撰：《二程遗书》，上海古籍出版社2000年版，第76页。

③〔宋〕程颢、程颐撰：《二程遗书》，上海古籍出版社2000年版，第244页。

④〔宋〕程颢、程颐撰：《二程遗书》，上海古籍出版社2000年版，第74—75页。

⑤〔宋〕程颢、程颐：《二程集》上，中华书局1981年版，第408页。

　　说也说了，批也批了，只是禅学其势铺天，以至"方其盛时，天下之士往往自从其学，自难与之力争"①。

　　苏轼与司马光、程颢、程颐生活在同一时代，可后三者对北宋学风中的禅"害"却看得清楚②，都在尽力回天。然而，这种"害"由来已久，以至可追溯至几百年前的李白这里。

　　杜甫青年时也有"致君尧舜上，再使风俗淳"的抱负，其诗贯穿着很强的经世致用的实践精神。仕途受挫后，杜甫并没有采取李白那种自暴自弃的人生态度，而是积极总结经验，探索适合自己特点的实现抱负的人生道路。仕途受挫、离开凤翔入川后，书载杜甫"数尝寇乱，挺节无所污，为歌诗，伤时桡弱，情不忘君"③，其诗歌日臻高峰。更接地气的作品如《羌村三首》《茅屋为秋风所破歌》《春夜喜雨》及"三吏"、"三别"、《闻官军收河南河北》等名诗，就是杜甫离开凤翔到四川后写的。

　　至北宋，从唐以来的"主观唯心论"发展为"客观

① 〔宋〕程颢、程颐撰：《二程遗书》，上海古籍出版社2000年版，第89页。

② "今异教之害，道家之说则更没可辟，唯释氏之说衍蔓迷溺至深。方其盛时，天下之士往往自从其学，自难与之力争。"〔宋〕程颢、程颐撰：《二程遗书》，上海古籍出版社2000年版，第89页。

③ 许嘉璐主编：《二十四史全译·新唐书》第7册，汉语大词典出版社2004年版，第4318页。

唯心论"①。以苏轼为重要代表的知识分子的遁世心态更是登峰造极。程颐说与这些人说话"正如扶醉人，东边扶起却倒向西边，西边扶起却倒向东边，终不能得佗卓立中途"②。郭沫若也批评苏轼"游移于两端的无定见"，这都反映了北宋的意识形态深陷历史虚无主义的泥淖。苏轼于建中靖国元年（1101年）逝世。真是国家不幸诗人幸，20多年后，金兵南下攻取北宋首都东京，掳徽、钦二帝，诗词歌赋"大文豪"扎堆的北宋，在君妃臣仆的凄惨呼号中灭亡。

北宋的"靖康之变"和明朝的"土木之变"两件相似却结局不同的历史事件，是对禅学和儒学两种思想路线之于国家所具有的生死存亡的意义最有力的阐释。明朝正统十四年（1449年）明军在土木堡败于瓦剌军，英宗被俘。瓦剌军进犯北京，立志"粉身碎骨浑不怕，要留清白在人间"的兵部尚书于谦力排南迁之议，誓死保卫京师。明朝因此避免了北宋覆灭的结局。

毛泽东说："知识分子一遇麻烦，就爱标榜退隐，其实，历史上有许多所谓的隐士，原是假的，是沽名钓誉，即使真隐了，也不值得提倡。像陶渊明，就过分

① 1964年8月18日，在北戴河，毛泽东与康生、吴江等谈哲学问题，他说："宋明理学是从唐代的禅宗来的，从主观唯心论到客观唯心论。" 中共中央文献研究室编：《毛泽东年谱（1949—1976）》第5卷，中央文献出版社2013年版，第390页。
② 〔宋〕程颢、程颐撰：《二程遗书》，上海古籍出版社2000年版，第235页。

抬高了他的退隐。"①郭沫若说苏轼是"游移于两端的无定见的浪漫文人"。陆游对知识分子的这些缺点认识是清楚的,他说"堪笑书生轻性命,每逢险处更徘徊"②,将陆游这句自嘲诗用于评价苏轼之类的文人也是贴切的。

笔者在自己的诗歌创作中主张"诗以载道"的路线,并不认为人类实践是一场"是非成败转头空","古今多少事,都付笑谈中"③的历史虚无,相反它是"历史是非石不动"即不容颠覆的唯物主义存在。在本书中收录的诗歌多贯穿着这样的认识。我在《读蜀汉史》一诗中表达了这样的创作观:

武侯西去昭烈远,格局泥云事后看。历史是非石不动,鸿毛泰山话不闲。

程颐对北宋禅学不讲是非的学风痛心疾首,说:"学佛者多要忘是非,是非安可忘得?自有许多道理,何事忘为?"④诚哉斯言!

① 中共中央文献研究室编:《毛泽东年谱(1949—1976)》第6卷,中央文献出版社2013年版,第599页。
② 〔宋〕陆游:《剑南诗稿》卷三《嘉川铺遇小雨景物尤奇》,钱仲联校注:《剑南诗稿校注》,上海古籍出版社1985年版,第228页。
③ 〔明〕杨慎:《临江仙·滚滚长江东逝水》,杨城、李伟主编:《中国古代文学作品选》,湖南人民出版社2018年版,第244页。
④ 〔宋〕程颢、程颐撰:《二程遗书》,上海古籍出版社2000年版,第318页。

04　政治诗和战略诗

1945年，毛泽东在重庆谈判期间曾应诗人徐迟之请，亲笔题词："诗言志"[1]。1958年3月，毛泽东在成都主持召开中央会议期间，参观杜甫草堂，评价杜甫的诗是"政治诗"[2]。

"政治诗"从某种意义上说也就是"战略诗"。毛泽东诗词中鲜有个人情绪的婉约宣泄，更多的还是在表达自己的政治战略思想。关于此，2023年笔者出版《毛泽东诗词中的战略思想》[3]一书，分析毛泽东在自己的诗词中是如何将言志、战略及对历史大规律的认识用诗意表达的。

1956年石桥湛山就任日本首相，次年因病辞职。1959年夏，在日中关系因日本政府的敌视而陷入僵局之时，石桥写信给周恩来总理，要求访问中国。同年九月，石桥应邀来到北京。访华期间，石桥与周总理、陈毅副总理进行了亲切的交谈，并受到毛泽东主席的接见。1963年9月，石桥再次访问中国，10月26日，毛泽东为他书写了曹操的《龟虽寿》这首诗，说："曹操这

---

① 1945年8月，徐迟在重庆亲聆毛泽东谈文艺问题，并获得毛泽东同志的亲笔题词："诗言志"。湖州市文化局编：《湖州市革命文化史料汇编 1919—1949》，团结出版社1993年版，第40页。

② 中共中央文献研究室编：《毛泽东年谱（1949—1976）》第3卷，中央文献出版社2013年版，第308页。

③ 参见张文木：《毛泽东诗词中的战略思想》，东方出版社2023年版。

首诗有辩证法的观点。"①他意在告诉日本政治家：国
家与人的寿命一样，"盈缩之期，不但在天"。如果学
会运用辩证法，日本的国力也可以达到"养怡之福，可
得永年"的境界。1973年4月25日，石桥逝世，终年89
岁。周恩来总理致电表示哀悼，电文中说："石桥先生
是日本有远见的政治家，多年来为日中友好事业做出了
重大贡献。"②这里的"有远见"就是有"知止"的辩
证哲学，这是对石桥湛山的不透支国力的"节制"思
想③的高度肯定。

　　1972年9月25日，日本首相田中角荣访华，9月27
日，毛泽东会见田中角荣，其间大部分时间谈日美关系
和未来的中日关系，临别时毛泽东说："我是中了书的
毒了，离不了书，你看（指周围书架及书桌上的书——
编者注）这是《稼轩》，那是《楚辞》。（田中等都
站起来，看毛泽东的各种书）没有什么礼物，把这个
（《楚辞集注》）送给你。"④

---

① 中共中央文献研究室编：《毛泽东年谱（1949—1976）》第5卷，中央文献出版社2013年版，第272页。

② 杨栋梁：《日本历届首相小传》，新华出版社1987年版，第234页。

③ 20世纪50年代日本首相石桥湛山写道，"我们对发动甲午战争时没有一个人主张反对战争至今都感到遗憾。同样，在日俄战争前夕，也没有就反对战争展开充分的议论，这太让人遗憾了"。石桥湛山被认为是"小日本主义"的代表人物，但是在"大日本主义"狂热席卷一切的时候，自由主义思潮总是有些格格不入。徐瑾：《白银帝国：一部新的中国货币史》，上海人民出版社2023年版，第247页。

④ 中共中央文献研究室编：《毛泽东年谱（1949—1976）》第6卷，中央文献出版社2013年版，第448-450页。

　　毛泽东这是在用《楚辞》中的故事婉转告诉田中角荣如何在美国和中国之间争取日本的利益。要理解这一点，就得了解屈原写《楚辞》时的历史背景。

　　我们知道，周王朝后期，周天子已失去了"天下共主"的地位，在当时七雄中最强大的只有秦、楚、齐三国。楚国面临着联齐抗秦，还是联秦抗齐的两难选择。秦国为了破坏楚齐的合纵关系，派张仪出使楚国，用600里商於之地，诱骗楚怀王与齐国绝交，而楚怀王政治头脑简单，爱贪小便宜，为了得到秦国的土地，遂放弃与齐国的联盟，此举遭到屈原的极力反对，怀王一怒之下免去了他的左徒之职，屈原在内外反对势力的夹击下，只得暂时离开了朝廷，来到了汉北。

　　楚怀王与齐国断交后，置相印于张仪，国事懈怠，根本不听大臣劝谏，等到他派人到秦国接受土地，才知是一场骗局。怀王大怒，出兵与秦兵战于丹阳，楚大败，殉难士兵8万余人。这次战争给楚国造成了大量的人员伤亡和巨大的经济损失，并丢失了汉中土地。怀王调集全国兵力再与秦战于蓝田，复败于秦军。韩魏两军也趁火打劫，袭楚之邓地，楚军只得撤退。这两次战争都因怀王匆忙用兵和得不到齐国的救援而遭遇失败，怀王这时悔恨不已，遂召回了在汉北的屈原，但屈原未能恢复原职参与大政，仍为三闾大夫，做些外事方面的工作。

　　楚国由于连年战败，国力损失严重，已经无法和秦国抗衡，楚怀王深感恐惧，外交再转向齐国，使太子入齐做人质，向齐国求和。此时，秦昭王再向楚怀王示好，欲招怀王入秦，以续两国之好。怀王左右为难，屈原力劝怀王不能再相信秦国的花言巧语，并建议怀王发兵抵抗秦军。秦昭王给楚怀王写信，要求楚割让巫和黔中两郡。楚怀王在秦国的胁迫下，被迫前往秦国武关。楚怀王随即被扣留，秦国要求楚国割让土地，遭楚怀王拒绝。楚怀王试图逃跑未遂，最终死在秦国。楚国国内昭睢、屈原等力排众议迎接在齐为人质的太子横回国即位，是为顷襄王。屈原按当时风俗为怀王招魂，写了《招魂》一诗。公元前278年春（楚顷襄王二十一年），秦将白起袭破郢都，烧毁楚先王陵墓，楚国兵散无法抵抗秦军，顷襄王带领群臣退守陈城。公元前247年，秦王政继位，知楚将项燕擅战，先遣李信为将，领20万兵马，再遣老将王翦，统秦师60万，相持一年，公元前223年，大败楚军，俘虏楚君负刍。项燕扶持的熊启也很快被俘杀，楚亡。屈原见家国沦丧，万分悲痛，在极度绝望之中投汨罗江。

当我们了解了上面的故事后，也就理解毛泽东送田中角荣《楚辞集注》包含的战略寓意。

毛泽东的意思很明显，就是用楚怀王不听屈原劝阻，在明知被骗的情况下，还死心塌地地跟随秦国并最终惨死在秦人之手的历史故事提醒田中角荣，对美国不要太死心眼，要留一手，不然日本会死得很惨。

事实上，"政治诗"及其中的"战略诗"在中国传统诗词中不仅占据相当的篇幅，而且还占据着最耀眼的高地。这些作品的作者都带有浓重的致力于改造世界的儒风。他们不同于李白。比如他们的诗背后总有一个"国之大者"，而李白的诗的背后总摆脱不了那个大"我"，前者考虑的是如何改造有利于国计民生的那个世界，而李白只注重解释他所认为的那个世界。尽管李早年也有"大鹏一日同风起，扶摇直上九万里"的入仕豪情，但他关注的只是个人的"恒殊调"①的名士形象，如果"人生在世不称意"，那调头就会"明朝散发弄扁舟"。至于自己那些"放言高论，纵谈王霸"②对国家造成的后果，李白是不负责的。书载，"白晚好黄老"③。具有讽刺意味的是，这位以自我为中心的"诗仙"，竟让"人生在世不称意"成了他的宿命。

将李白、杜甫、高适这三位中唐著名诗人的人生作比较是有意义的。

与李白相同，杜甫青年时也有"致君尧舜上，再

---

① 恒殊调：恒，经常；殊调，不同于常人的论调。〔唐〕李白《上李邕》："世人见我恒殊调，闻余大言皆冷笑。"
② 李白在开元七年（719年）至九年（721年）前后，曾任渝州（今重庆市）刺史。年仅20岁的李白游渝州谒见李邕，因不拘俗礼，放言高论，纵谈王霸，不得李邕待见。20年后，也是同一原因，李白在玄宗处又遭"赐金放还"的命运。
③ 许嘉璐主编：《二十四史全译·新唐书》第7册，汉语大词典出版社2004年版，第4341页。

使风俗淳"①的雄心抱负。他曾游历吴、越、齐、赵等地。虽然一路上作了很多诗篇赠予达官贵人，但始终未能入仕，因此生活困苦，只能将妻子儿女安顿在奉先县（今陕西渭南蒲城县）。最终他得到了"右卫率府胄曹参军"一职，根据《唐书》百官志记载，这只是从八品下的小官。安史之乱爆发，杜甫被囚禁在长安长达九个月。与李白曾受到玄宗的接见并很快进入诗人的至暗时刻的经历相似，杜甫在至德二年（757年）四月冒死逃出长安到凤翔（今陕西宝鸡）投奔肃宗，并被肃宗授为左拾遗，但不久就因营救房琯②触怒肃宗。杜甫与房琯是布衣之交，被认为是房琯的同党。唐肃宗命令刑部、御史台、大理寺一起审讯杜甫。幸亏有宰相张镐出面营救，还有御史大夫韦陟为他做一些解释性工作，杜甫得以幸免杀身之祸。此后杜甫被贬到华州（今华县）。乾元元年（758年）六月，杜甫被贬为华州司功参军。乾元二年（759年）夏天，华州及关中大旱，杜甫辞去华州司功参军的职务，举家迁至蜀中。

---

① 〔唐〕杜甫《奉赠韦左丞丈二十二韵》："自谓颇挺出，立登要路津。致君尧舜上，再使风俗淳。"
② 房琯（697—763），字次律，河南（治今河南洛阳东）人，唐朝宰相。房琯弘文生出身，历任秘书郎、卢氏、慈溪、宋城、济源县令。安史之乱爆发后，房琯入蜀从玄宗。旋奉使前往灵武正式册立肃宗。房琯深受肃宗器重，委以平叛重任。但他不通兵事，又用人失误，结果在陈涛斜大败而回，逐渐被肃宗疏远，至德二载（757年）罢相。宝应初，被拜为刑部尚书，在赴京途中病逝。房琯与杜甫交情深厚。杜甫在房琯罢相后数次为房琯辩护，结果遭到贬官，后留有《得房公池鹅》《别房太尉墓》等诗篇。

　　与遭遇"赐金放还"后的李白表现不同①，764年，杜甫举家来到成都并很快遇到剑南节度使严武表荐为检校工部员外郎。大概是自己在凤翔大牢中的经历以及看到李白投奔永王李璘后"佯狂真可哀"的流放结局，杜甫次年辞职并放弃了从政的念头。此后，"他的诗就成了他的全部生活"。杜甫的诗歌创作也由此再上高峰。有学者注意到：

　　杜甫比李白生年稍晚，虽然也曾亲见开元盛世，而大部分的作品都出于安史乱后。凡是他的名篇，直接为生民疾苦呼吁，像"三吏""三别"都已为大众所熟知。②

　　同样的蒙难经历，在李白那里考虑的是如何改造自己，使自己更加"恒殊调"，杜甫则想找到改造世界的更好途径。李白"赐金放还"后仍不甘，反复投靠政治势力，终不得志，于762年蒙难而死，而杜甫善于总结人生经验并找到适合自己特点的人生路线，使自己更好地前进。比如《春夜喜雨》这首诗如果从"政治诗"

---

① 李白失意后适逢永王李璘起兵"谋反"，李白接受李璘邀请成为幕僚。次年李璘兵败，李白以"附逆"论罪，流放夜郎，中途遇赦，东归。762年，李白病死于安徽当涂。此前一年春，杜甫写下《春夜喜雨》这首千古名诗。五十知天命，这一年杜甫即将步入天命年。
② 瞿蜕园、周紫宜：《学诗浅说》，生活·读书·新知三联书店2023年版，第88页。

的角度阅读，就发现它是在总结自己（可能还有好友李
白）的从政经验，更是对自己那"旷放不自检，好论天
下大事，高而不切"①的文人毛病有了深刻反省：

　　好雨知时节，当春乃发生。随风潜入夜，润物细
无声。野径云俱黑，江船火独明。晓看红湿处，花重
锦官城。

　　苦难与诗歌是对孪生子。伟大的诗作与生活的苦难
不可分割。杜甫写这首诗的时间是刚刚从凤翔走出时，
因此它就不可能是单纯"吟写性灵，流连光景之文"，
只可能是"冤哀悲离之作"。1949年12月，毛泽东访问
苏联与苏联翻译家和汉学家费德林谈到屈原说："屈原
喝的是一杯苦酒，也是为真理服务的甜酒，诗歌像其他
创作一样，是一种精神创造。"②与屈原一样，杜甫一
生喝的也是"苦酒"，他的诗歌创作也与其仕途多舛的
苦难经验密切联系。人到天命之年后，杜甫对政治已有
了较深的认识。
　　"好雨知时节，当春乃发生。"诗的第一、二句说
的是做事原则是要恰到好处，"雨"如不"知时节"，

① 许嘉璐主编：《二十四史全译·新唐书》第7册，汉语大词典出版社2004
年版，第4318页。
② 盛巽昌、欧薇薇、盛仰红编著：《毛泽东这样学习历史　这样评点历
史》，人民出版社2005年版，第93页。

那就不是"好雨"而是"坏雨"——这两句包含了杜甫几年前因为房琯说情所受遭遇后的感慨。

第三、四句是说办事要学会借势，要善于等待上下共识的形成，有了共识，才可以"随风"——用现在的话说就是，依靠群众依靠领导——成事。当时肃宗被永王李璘起兵一事弄得很焦心，而杜甫的好友李白又投靠李璘成为幕僚，杜甫为老皇帝玄宗派来的房琯兵败求情，这自然要引起肃宗的震怒——这与李陵兵败后司马迁为李陵说情引起汉武帝的震怒的原因一样。如果联系到杜甫写《春夜喜雨》的时间（761年）是在李白"坐罪"赦免（759年）之后，经历了这场大祸的杜甫就会深深体会出"好雨知时节，当春乃发生"的重要性，再看看李白的遭遇，那个年轻时就"自谓颇挺出，立登要路津"[①]的杜甫就会认识到他曾向往的"白鸥没浩荡，万里谁能驯"[②]的人生只是丰满的理想，而"飘飘何所似，天地一沙鸥"[③]才是他不能回避的骨感现实。

"随风潜入夜，润物细无声。"这是在说：成事之后，不要出个人风头，更不要贪功——这时杜甫大概知道当年自己救房琯错在不会"随风"即等待肃宗与他的共识。

第五、六、七、八句是总结，说这样看似长夜漫

---

① 〔唐〕杜甫：《奉赠韦左丞丈二十二韵》。
② 〔唐〕杜甫：《奉赠韦左丞丈二十二韵》。
③ 〔唐〕杜甫：《旅夜书怀》。

漫，看不到明显成绩，但天明时就会发现"花重锦官城"即收获满满。

　　笔者不才，杜甫58岁的人生体悟我在49岁时有了理性认识。2006年我发表《谈谈学术与政治的和谐与宽容》①一文。我写道：

　　经验介入学问是学问进入成熟阶段的标志；与此相应，学会从政治的角度看待学术，则是学者成熟的标志。学问须经世，而经世需要的主要是经验。传世之作多是经验的集结，而非猜想大胆和逻辑严密的结果。毛泽东同志对革命事业接班人的标准首先就是要在"大风大浪"中成长，要求学生抽一定时间到工厂和农村实践，这是在强调经验在认识论中的重要性。中国历史上的赵括、马谡、陈独秀等，苏联现代史中的盖达尔，乃至以书生的眼光处理政治问题的戈尔巴乔夫等，败不在于思辨不大胆，也不在于逻辑不严谨，而在于经验，尤其应对残酷形势的政治经验极不成熟。

　　一些学者在进入政界后，往往将学术"立言"规则用于政治"立功"②。他们不懂"为治不在多言"②的道理，不愿将大量时间用于下面细致的人事及其思想工作，而是愿意在台面上表达其"新思维"。他们论人主

---

① 参见《世界经济与政治》2006年第2期。
② "为治不在多言，顾力行何如耳。"许嘉璐主编：《二十四史全译·史记》第2册，汉语大词典出版社2004年版，第1449页。

才气，论事以奇新，行文断字则以所谓"逻辑""框架"或"范式"论高下，全然不顾实际运作的可行性。其结果往往因不适应而苦恼。历史上有太多的才子——典型的如唐朝李白——在从政路上被折腾得丢魂落魄，更有许多还无谓丢了性命，但至死仍不知其所以然。

那么，是不是知识分子与政治无缘呢？也不是。主要是政治与学术遵循的是不同的实践规律。学者可以用写作的形式而不一定非得用入仕的方式表达自己的战略见解。2022年5月27日，青年时也曾有"欲与天公试比高"梦境的我，在65岁的生日时用诗的形式表达了与晚年杜甫同样的认识：

"男儿一片气"，夜读孟浩然。读书虽五车，入幕吾心远。年少有大志，自信两百年。跃跃策论心，愈奋愈边缘。好在人愚钝，问学腰不弯。花甲退休日，论著可对天。老来思其故，一生守界边。君看唐僧路，大难多出圈。圈外唐僧肉，圈内步可闲。文人从政多，泪罗事不远。

不求，上进；求之，不得。杜甫一生都以政治家为目标，想不到事与愿违，越努力与政治家越远，成了伟大的诗人。与近千年前的司马迁命运相似，杜甫在仕途上颠沛流离，遭遇了太多的坎坷，官阶不高，但悟出了由于自己"好论天下大事，高而不切"①的文化人通病造成的鲜血淋漓的从政体验，杜甫将这种体验总结体现在自己的诗作之中，是杜诗中的一大亮点。毛泽东看出来了这一点。1958年3月7日，毛泽东在成都游览杜甫草堂，在杜诗版本展览室，看完明、清和近世刻印的各种版本的杜诗后，望着陈列在橱内的杜甫诗集说："是政治诗！"②

　　中国历史上比较好的战略诗多出在国破家亡时期。如朱熹所言："大率文章盛，则国家却衰。如唐贞观、开元都无文章，及韩昌黎、柳河东以文显，而唐之治已不如前矣。"事实上，唐在玄宗开元年间已险象萌动，同时唐诗中的战略锐风也起于"青蘋之末"③。

　　诗人，尤其著名诗人热衷从政似乎是唐朝政治的一道风景，高适大概是其中既懂诗歌又懂政治的战略诗人。与李白相反，高适在中唐时期的重大政治事件中总能"义而知变"④，即站在历史正确一边。他三次出塞，创作了大量的边塞诗，他通过诗表达出其关于政

① 许嘉璐主编：《二十四史全译·新唐书》第7册，汉语大词典出版社2004年版，第4318页。
② 中共中央文献研究室编：《毛泽东年谱（1949—1976）》第3卷，中央文献出版社2013年版，第309页。
③〔战国〕宋玉《风赋》："夫风生于地，起于青蘋之末。"〔南朝梁〕萧统编，张葆全、胡大雷主编：《文选译注》第1册，上海古籍出版社2020年版，第339页。
④ 许嘉璐主编：《二十四史全译·旧唐书》第4册，汉语大词典出版社2004年版，第2764页。

治战略的深刻思考，一扫以往诗界淫艳刻饰、佻巧小碎的诗风，鞍马为文，横槊赋诗，雄浑简远，指事言情，大开大合，《旧唐书》评价说："有唐已来，诗人之达者，唯适而已。"①

与两汉相似，唐初太宗乃至武周时期的边疆政策还是属于自卫性质，可到玄宗时期，其边疆政策就有了东汉"窦宪式"②的好大喜功倾向。基辛格说："可惜自俾斯麦去职后德国最欠缺的就是节制。"③这话对于唐开元以降的朝廷政治而言，也是适用的。

史学家吕思勉认为唐初太宗时期边疆用兵是比较节制的，目的属"恢复旧疆"，"中国所费不大"；玄宗时期，对外"不必要之攻战"多了起来。④与此同时，唐诗中对玄宗"君已富土境，开边一何多"⑤的批评也多了起来。与我们传统的理解不同，这些批评性的诗

---

① 许嘉璐主编：《二十四史全译·旧唐书》第4册，汉语大词典出版社2004年版，第2764页。

② 窦宪（？—92），字伯度，扶风平陵（今陕西咸阳西北）人。东汉外戚、权臣、名将。他统率汉朝大军，大破北匈奴于稽落山和金微山，登燕然山，"刻石勒功"，逐北单于，迫其西迁。但同时窦宪"铭功封石，倡呼而还"的军事行动，也打破了北疆的战略平衡，导致漠北空，鲜卑起。"自匈奴遁逃，鲜卑强盛。"中国自此北疆压力增大，范晔批评说："窦宪矜三捷之效，忽经世之规，狼戾不端，专行威惠。遂复更立北虏，反其故庭，始恩两护，以私己福，弃蔑天公，坐树大鲠。"参见张文木：《中国古代西部边疆北南治理经验与教训》，载于《印度洋经济体研究》2018年第4期。

③ ［美］亨利·基辛格：《大外交》，顾淑馨、林添贵译，海南出版社1998年版，第148—149页。

④ 吕思勉：《吕著史学与史籍》下，吉林人民出版社2018年版，第707页。

⑤ 傅东华选注，董婧宸校：《杜甫诗》，商务印书馆2019年版，第50—51页。

歌已不是简单的"对开边战争的厌恶"①，也不仅仅是
"同情下层人民""反映人民疾苦"②，而是在表达与
唐太宗一脉相承的节制拓边的思想——这在今天类似毛
泽东说的"深挖洞，广积粮，不称霸"③。

　　比如高适在《登百丈峰》一诗中对前门驱虎、后门
进狼，即将匈奴换成鲜卑因而"白忙活一场"的汉朝的
边疆政策提出尖锐批评，并以此影射中唐不恰当的扩张
政策。诗曰：

　　朝登百丈峰，遥望燕支道④。汉垒⑤青冥间，胡天白
如扫。⑥忆昔霍将军⑦，连年此征讨。匈奴终不灭⑧，寒
山徒草草。⑨唯见鸿雁飞，令人伤怀抱。⑩

　　明末清初学者唐汝询说出了高适此诗"叹苦战之无

① 苏小露注评：《杜甫诗》，崇文书局 2017年版，第42页。
② 邵士梅、蒋筱波、丁军杰：《中国通史》，天地出版社2019年版，第197页。
③ 《毛泽东军事文集》第6卷，军事科学出版社、中央文献出版社1993年版，第408页。
④ 燕支道：通往燕支的道路。燕支，即焉支，山名，在今甘肃山丹东。
⑤ 汉垒：汉军营垒。
⑥ 胡天句，是说西北的天空一片白色，如同扫过一般。意指一无所有。
⑦ 霍将军：汉骠骑将军霍去病。
⑧ 终不灭：到底没有消灭，指没有成功。"天子为治第，令骠骑视之，对曰：'匈奴未灭，无以家为也。'"许嘉璐主编：《二十四史全译·史记》第2册，汉语大词典出版社2004年版，第1350页。
⑨ 徒草草：纷乱貌。
⑩ 邓诗萍主编：《唐诗鉴赏大典》第1卷，吉林大学出版社2009年版，第197-198页。

益"的主题:

　　此叹苦战之无益也。言登高而望边境，见汉垒而想去病之北征，彼其时以为必灭匈奴而后已，然终果灭乎？狼居胥之封①徒草草耳。既无足称，然睹鸿雁之飞而独伤怀抱者，窃有感于传书之事也。夫去病伪功而取封，子卿②守节而薄赏，适盖有概于当时矣。③

　　从汉之后中原王朝更迭走势看，高适及唐汝询——可能受司马迁"是以建功不深"④评价的影响——对武帝反匈奴政策的批评有张冠李戴之嫌，其对霍去病及苏武的评价有失公允且过于轻率。因为西汉反击匈奴的战争性质属于自卫，可到东汉和帝时，窦宪、耿夔出击北匈奴并造成"漠北空矣"的举动已超出自卫界限，徒为虚功，向已经衰落的北匈奴炫耀"铭功封石，倡呼而还"的武力，实为不智之举。高适将后汉窦宪、耿夔的

① "汉骠骑将军之出代二千余里，与左贤王接战，汉兵得胡首虏凡七万余级，左贤王将皆遁走。骠骑封于狼居胥山，禅姑衍，临翰海而还。"许嘉璐主编：《二十四史全译·史记》第2册，汉语大词典出版社2004年版，第1334页。
② 苏武（？—前60），字子卿，西汉杜陵（今陕西西安东南）人，武帝时为郎。
③ 周蒙、冯宇主编：《全唐诗广选新注集评》2，辽宁人民出版社1994年版，第648页。
④ "世俗之言匈奴者，患其徼一时之权，而务诎纳其说，以便偏指，不参彼己；将率席中国广大，气奋，人主因以决策，是以建功不深。"许嘉璐主编：《二十四史全译·史记》第2册，汉语大词典出版社2004年版，第1339页。

错误归于霍去病，正如将秦二世之过归于秦始皇，将戈
尔巴乔夫解体苏联的行为归罪于列宁、斯大林一样是不
合适的。如果不考虑这一点，将高适对西汉治边失误的
批评用于东汉，那还是正确和有益的认识。

　　与高适持同一见识的还有杜甫，《前出塞九首》
是作于唐天宝末年的组诗。这个时期是唐朝在军事上的
扩张期，唐玄宗即位以后，为了满足自己好大喜功的欲
望，在边地不断发动以掠夺财富为目的的战争，朝廷上
上下下的预估大多是乐观的，杜甫却对唐玄宗的军事路
线不太认同，在诗中对此提出批评：

　　戚戚去故里，悠悠赴交河。公家有程期，亡命婴祸
罗。君已富土境，开边一何多。弃绝父母恩，吞声行负
戈。（其一）
　　挽弓当挽强，用箭当用长。射人先射马，擒贼先擒
王。杀人亦有限，列国自有疆。苟能制侵陵，岂在多杀
伤。（其六）①

　　全诗首篇婉转质疑玄宗"君已富土境"，为何还
要大规模开疆拓土呢？过度扩张会给民众带来负担；第
六首更是提出中国止戈为武的节制哲学，提出流血牺牲
的原则只能用于自卫即保卫疆土和制止外敌侵略而不是

---

① 傅东华选注，董婧宸校：《杜甫诗》，商务印书馆2019年版，第50—51页。

滥杀，即使与敌作战，也要选择最主要的打击对象，而不是不分主次滥用武力。这其实是孙子"兵者，国之大事，死生之地，存亡之道，不可不察"①思想的诗意表达。吕思勉说，杜甫"此诗九首，皆写西方用兵事。第一首谴责玄宗之开边也"②。

从"政治诗"的角度看，其深刻性可与杜甫《前出塞九首》相媲美的，有高适的《李云南征蛮诗》。前者写的是天宝八年（749年）间哥舒翰西征石堡城，后者则写的是天宝十一年（752年），杨国忠奏请由李宓出征南诏。是役唐全军覆没，李宓亦败死西洱河。③与杜甫相比，高适不限于对节制战略的本质即它的正义性的描述，他用诗文指出战略资源不足以支撑这次远征战的战略目标是其失败的原因。高适在《李云南征蛮诗》中认为此役李宓南征失败不在兵士不勇敢，也不在将领畏战，而是因为"饷道忽已远，悬军垂欲穷"，正是由于后勤补给线太远跟不上以致唐军陷入"野食掘田鼠，哺餐兼僰僮"的窘境。这个总结不可谓不深刻。诗曰：

①陈曦译注：《孙子兵法》，中华书局2011年版，第2页。
②吕思勉：《吕著史学与史籍》下，吉林人民出版社2018年版，第707页。
③《资治通鉴》："宓粮尽，士卒罹瘴疫及饥死什七八，乃引还，蛮追击之，宓被擒，全军皆没。"〔宋〕司马光：《资治通鉴》卷二百一十七，中华书局1956年版，第6927页。

圣人赫斯怒①，诏伐西南戎。肃穆庙堂上，深沉节制②雄。遂令感激士，得建非常功。料死不料敌，顾恩宁顾终。③鼓行天海外，转战蛮夷中。梯巘④近高鸟，穿林经毒虫。鬼门⑤无归客，北户多南风。蜂虿隔万里，云雷随九攻。⑥长驱大浪破，急击群山空。饷道忽已远，悬军垂欲穷。⑦精诚动白日，愤薄连苍穹。野食掘田鼠，晡餐兼僰僮⑧。收兵列亭堠，拓地弥西东。⑨临事耻苟免，履危能饬躬⑩。将星独照耀，边色何溟濛。泸水夜可涉，交州今始通。归来长安道，召见甘泉宫。廉蔺若未死，孙吴知暗同。相逢论意气，慷慨谢深衷。

高适边塞诗中的节制拓边的思想与其现实主义学风

---

① 赫斯怒：勃然大怒。《诗·大雅·皇矣》："王赫斯怒，爰整其旅。"本句意为：皇上勃然大怒。

② 节制：节度使的简称，即杨国忠，时任剑南节度使。

③ 意为：此去自量必死而不计较敌兵的众寡强弱，为顾念皇恩，哪里还顾得上自己的结局。

④ 梯巘（yǎn）：险峻的山。

⑤ "鬼门无归客，北户多南风。"鬼门，在今广西北流南；《太平寰宇记》："有两石相对，其间阔三十步，俗号鬼门关……晋时趋交趾皆由此关，其南尤多瘴疠，去者罕得生。"

⑥ 意为：南蛮军队虽远隔万里，但我军还是寻找到他们的主力，并发起多次攻击。蜂虿（chài），毒蝎，代指南蛮军队。

⑦ 意为：运输粮草的通道渐遥远，孤悬的军队形势日见窘迫。孤军深入的行动在初期的雷震之势后，由于补给供不上，渐感后劲不足。

⑧ 僰（bó）僮：被掠卖为僮仆的僰人。

⑨ 意为：补给跟不上时，只能收拾残兵建筑防御的岗楼并留下"已经尽力"的自我安慰。亭堠，瞭望的岗楼建筑。

⑩ 饬躬：整饬其身，端正其心。

有密切联系。这可从高适的《营州歌》看出，这首诗讽刺的就是那些不知深浅、把打仗当儿戏的公子哥的"精英"做派。诗曰：

营州少年厌原野，皮裘蒙茸猎城下。虏酒千钟不醉人，胡儿十岁能骑马。

营州是唐代东北重镇，在今辽宁朝阳县。开元后设平卢节度使，统辖河北长城以北及辽河以西一带。营州少年饱食终日，因而打猎这种活动对他们来说只是一个身着"皮裘蒙茸"的贵族游戏。而胡人的狩猎则是生存必需，因而"胡儿十岁能骑马"，十岁的娃娃骑马时不可能像中原公子哥们"皮裘蒙茸"仅玩"猎城下"的游戏，他们必须纵横于旷野。读到这里，就可以明白，唐之后总是北方"胡人""满人"取代中原政权的原因。曹操骂汉献帝"生于深宫之中，长于妇人之手"，说的也是这个道理。

明末清初的学者唐汝询生活在东北满洲族崛起、明朝为之动摇的政治形势中，对高适《营州歌》的理解就很有生死感。他说：

此排斥少年之词。猎必于野，今彼厌原野而猎城下者何？乘醉以夸善骑耳。我想虏人饮千钟而不醉，胡儿十岁即能骑马，则又胜汝矣。深贱之，故以胡虏取譬。

虏酒胡儿，倒装作对，益见奇绝。[①]

　　除此之外，其他解释则没有生死感，皆"皮裘蒙茸"，隔靴搔痒耳。

　　与唐诗相比，在战略诗中经历亡国之惨痛的南宋诗人的作品尤显锐风。

　　"靖康耻，犹未雪，臣子恨，何时灭。"北宋惨灭于北方金人之手，对宋朝那些满腹经纶的知识分子是一大刺激。他们逃亡到南方后，就少了"横看成岭侧成峰"与"也无风雨也无晴"的闲意和"兴亡百变物自闲"[②]的洒脱，多了一种"犹耿孤忠思报主，插天剑气夜光芒"[③]的豪情和"待从头、收拾旧山河，朝天阙"的使命。当时包括朱熹在内的南宋文人的写作氛围是救亡，而不是弥漫于北宋的"之乎者也"。"国破山河在，城春草木深"，比较北宋那无问西东和禅意十足的作品，南宋的文学诗词则有了更强烈的战略回响。

　　南宋诗人刘过，湖北襄阳人，四次应举不中，流落江湖间，布衣终身。他对宋朝文人那种"游移于两端的无定见的浪漫"且脱离实际的"腐儒穿凿"的"龌龊"文风极为厌恶。他在《多景楼醉歌》一诗中强烈地表达了这种情绪：

───────────

① 刘常编著：《高适》，五洲传播出版社2008年版，第18页。
② 〔宋〕苏轼：《石鼓歌》。
③ 〔宋〕刘过：《夜思中原》。

君不见七十二子从夫子，儒雅强半鲁国士。二十八将^①佐中兴，英雄多是棘阳^②人。丈夫生有四方志，东欲入海西入秦。安能龌龊^③守一隅，白头章句浙与闽？醉游太白呼峨岷，奇才剑客结楚荆。不随举子纸上学《六韬》，不学腐儒穿凿注《五经》。天长路远何时到？侧身望兮涕沾巾！

刘过曾为陆游、辛弃疾欣赏，亦与陈亮、岳珂为志友，词风与辛弃疾相近，抒发抗金抱负，其抗金的战略思考尽显其诗词中。他写的《襄阳歌》从地缘政治的视角将襄阳的"用武国"地位说得清楚，这反映了他对地缘政治规律的深刻认识。诗曰：

十年着脚走四方，胡不归来分襄阳？襄阳真是用武国，上下吴蜀天中央。铜鞮坊里弓作市，八邑田熟麦当粮。一条路入秦陇去，落日仿佛见太行。土风沉浑士奇杰，呜呜酒后歌声发。歌曰人定兮胜天，半壁久无胡日月。买剑倾家资，市马托生死。科举非不好，行都兮万里。人言边人尽粗材，卧龙高卧不肯来。杜甫诗成米芾写，二三子亦英雄哉！

---

① 二十八将：指辅佐东汉光武帝刘秀创建中兴大业的邓禹、吴汉、贾复、马武等二十八将领，他们多是南阳人，是刘秀同乡。
② 棘阳：西汉县名，战国时属楚，西汉属南阳。
③ 龌龊：这里作拘谨解。

作为一方重镇，襄阳是武汉的侧翼，其地位具有区域性支点的意义。南宋时期荆襄的得失，关系到政权的存亡，地位尤其重要。刘过看得明白："襄阳真是用武国，上下吴蜀天中央"，"一条路入秦陇去，落日仿佛见太行"。这说的是地缘政治：襄阳既是中原东西之间的联系枢纽，又是南北之间的重要接触部位。除了地理条件外，能使襄阳成为"用武国"的还有物质和人文条件。刘过诗曰："铜鞮坊里弓作市，八邑田熟麦当粮"，"土风沉浑士奇杰，呜呜酒后歌声发"。这里不仅丰产粮食，而且铜鞮坊里兵器制造和兵器市场都很发达。这里的人酒后只知呜呜发声，识文断字不行，但这些粗人为了君主都可以像荆轲那样做到"买剑倾家资，市马托生死"。刘过在这首诗里一扫北宋文人那酸腐禅风，喊出"人定兮胜天，半壁久无胡日月"，说只要国人团结，天是可以翻过来的；如果利用好湖北"沉沉一线穿南北"[①]的有利战略地位，北方那半壁江山早就可以从胡人手里夺回。事实上，南宋就是在襄阳失守后灭亡的。

五、"功夫在诗外"：诗词不完全属于文学，不懂政治和战略，有些诗是读不懂、写不出的

1973 年 7 月 17 日，毛泽东会见物理学家杨振宁。

---

① 毛泽东：《菩萨蛮·黄鹤楼》（1927年春），吴正裕主编：《毛泽东诗词全编鉴赏》，中央文献出版社2003年版，第26页。

杨振宁说："我读了主席的《长征》诗，'红军不怕远征难，万水千山只等闲'，特别是'金沙水拍云崖暖，大渡桥横铁索寒'，我很想去看看。"毛泽东说："那是长征快完时写的。讲了一个片面，讲不困难的一面，其实里边有很多斗争，跟蒋委员长斗争、跟内部斗争。有些注释不大对头。如《诗经》，两千多年以前的诗，后来做注释，时代已经变了，意义已不一样。我看，过百把年以后，对我们这些都不懂了。"①毛泽东显然对一些诗词专家对他写的《长征》一诗的解释不甚同意，认为"过百把年以后"人们对他诗词的解释也会遇到与《诗经》同样被误解的命运。毛泽东提出"政治诗"纠正了人们对杜诗的附会和误读，我们后人也应当从政治的高度，不能单纯从文学的角度来端正对毛泽东诗词的阅读。毛泽东首先是伟大的政治家，他的诗词的文学性是服从政治性的。因此从政治的角度来把握毛泽东诗词，可能最接近毛泽东对自己诗词的理解；只有这样理解毛泽东诗词，才可能在"百把年以后"避免出现后人"对我们这些都不懂了"的结果。

　　战略是政治诗的核心内容。毛泽东说杜甫的诗是"政治诗"，那毛泽东的诗就更是政治诗。读历史人物的诗词不可能不与他们那个时代的波澜壮阔的政治

---

① 中共中央文献研究室编：《毛泽东年谱（1949—1976）》第6卷，中央文献出版社2013年版，第488页。

活动相联系。如果不从政治的角度而只从文学的角度阅读他们的诗词，那一定不得要领。比如对《卜算子·咏梅》，如果不从政治的视角，就读不出毛泽东"读陆游咏梅词，反其意而用之"[①]的真意。同样，对于中国历史中的一些著名诗词，比如前面提到的高适、杜甫、陆游、刘过等诗人，如果不从政治和战略，或者说政治哲学和战略哲学的高度，就既不能读懂他们"诗言志"中的政治抱负，也不能读懂他们诗词中包含的战略思想。而读不出这些，那我们在诗歌领域的研究就真是盲人摸象、不得要领并与作者内心所要表达的真义南辕北辙。

六、花甲刚懂事：诗歌创作的心得体会

青年要多读史，读史可以明智；老年人要多读诗，读诗可以怡情，利于健康。本书选录了我迄今创作的能反映我思想发展线索的诗歌作品，这些作品可从一个侧面反映《张文木战略文集》[②]中的战略理论与战略哲学形成的历史过程。

宋儒程子有言："今之学者，惟有义理以养其心。

---

① "毛泽东一生最看重武汉的居中国之中的战略地位。在贯通中国东西的长江水路天然存在和京汉铁路已经建成的条件下，毛泽东最看重以武汉为中心的长江南北交通的贯通。早在1920年，毛泽东写信给黎锦熙，信中就特别强调：'在最快期内，促进修竣粤汉铁路之湖南线。'1927年，大革命失败后，毛泽东还是念念不忘'沉沉一线穿南北'和'龟蛇锁大江'的地缘战略布局。"张文木：《毛泽东诗词中的战略思想》，东方出版社2024年版，第65—66页。
② 《张文木战略文集》（十卷本），2020年由山东人民出版社出版。

若威仪辞让以养其体，文章物采以养其目，声音以养其耳，舞蹈以养其血脉，皆所未备。"[1]战略是"义理"的产物，然战略若也能以诗意表达，那就会有沁人心脾的感染力。战略诗是本书中诗的重要特色。毛泽东说"屈原喝的是一杯苦酒"，"杜甫的诗是政治诗"。政治诗当然是从生活的"苦酒"中熬出来的，我的诗也是从生活的"苦酒"中熬出来的，其中言情婉约和流连风景的诗极少，青年时言志的诗多些，进入21世纪后，战略诗的数量开始多了起来。它包括对人生战略思想和国家战略的研究，这些战略研究成果第一次用诗的语言表达出来。比如，关于祖国统一，我在2020年9月23日写的《统一策》一诗中提出"搂草打兔子"设想，诗曰：

潇潇秋雨歇，抬眼望两岸。天兵冽冽过，仁心在城全。天兵回话硬：没有中间线。回顾台湾事，事情在周边。岛人多同胞，绑匪是关键。绑匪今肾虚，蔡女已胆寒。可学毛泽东，围城再打援。可学曾国藩，险除障不安。化瘀先活血，旁敲贼自乱。搂草打兔子，智慧在民间。北平有先例，西藏有示范。再远有施琅，澎湖后息战。统一事不拖，两岸路不远。

---

① 〔宋〕程颢、程颐撰：《二程遗书》，上海古籍出版社2000年版，第71页。

　　再比如，2024年9月1日，我在青岛海边想到"往事越千年"的曹操，联想到祖国统一大业，有感而发写的《振长策》，就有很浓厚的战略诗的味道。诗曰：

　　怪石嶙峋，茫茫海蓝。秋风萧瑟，洪波烟澹。临风诵诗，把酒问天。蛇腾乘雾，神龟已倦。把酒酹海，心绪万千。老骥长嘶，烈士暮年。洪波涛沉，廉颇可饭。不观沧海，心系台湾。磅礴中华复兴兮，大器花莲。蛇出星河，龟衔两岸。振长策而御西太平洋兮，余烈再添。贾生低吟，魏武挥鞭。歌以咏志，东瀛归汉。幸甚至哉，观音面南。克拉地峡，天竺不远。

　　在这首诗中我提出"磅礴中华复兴兮，大器花莲"，"振长策而御西太平洋兮，余烈再添"，以及"幸甚至哉，观音面南。克拉地峡，天竺不远"的战略构想，关乎台湾及台湾花莲的战略地位，关乎台湾问题解决后西太平洋治理，以及摆脱我们海上运输的"马六甲困境"等问题的思考。诗中"歌以咏志，东瀛归汉"，是我对未来日本发展走向的预言，认为中国式现代化成功后，日本又会回到唐时，派团到中国学习中国经验。这都是我在《论中国海权》一书中提出的"三海一体"战略构想的推进及诗意表达。

　　我偏爱传统诗歌中儒家经世致用的现实主义原则，我反对明人杨慎《临江仙》中表达的"是非成败转头空"，"古今多少事，都付笑谈中"的禅意和历史虚无的人生观。对此，我在《读蜀汉史》组诗中针锋相对地提出"历史是非石不动，鸿毛泰山话不闲"的批评。往事并不如风，司马光看到那些"游移于两端的无定见的浪漫文人"（郭沫若）误国误事，写了《资治通鉴》，其目的就是"鉴前世之兴衰，考当今之得失"[①]。国事如天，国家为大。国家兴衰成败都有血写的经验和教训，后人当然要认真汲取。1964年3月24日，毛泽东谈到《毛泽东选集》时说："这是血的著作。《毛选》里的这些东西，是群众教给我们的，是付出了流血牺牲的代价的。"[②]

下面谈谈诗歌创作不能绕过的律诗及其应用问题。

中国传统诗歌有古体和近体两种诗体，古体诗是与唐以后的近体诗相对而言的诗体。在近体诗形成之前，除了乐府诗、楚辞外，各种没有严密格律限制的诗歌体裁都被视为古体诗，也叫"古诗"。唐以后的人写的古体诗，常称"古风"。古体诗不拘对仗，不拘粘连，不拘平仄。押韵较宽，可押平声韵也可押仄声韵，也可以邻韵通押。篇幅不限，可以说是古代自由体诗歌。句子有四言、五言、六言、七言和杂言，以五言、七言居

---

① 〔宋〕司马光：《进资治通鉴表》，王仲荦等编注：《资治通鉴选》，中华书局1965年版，第398页。
② 中共中央文献研究室编：《毛泽东年谱（1949—1976）》第5卷，中央文献出版社2013年版，第329页。

多，简称"五古""七古"。

近体诗也称今体诗，与古体诗相对，是律诗和绝句的通称。南北朝时期，讲求对偶的骈文兴起，加上语言音韵学的进步，产生了把汉语四声和骈偶修辞运用到诗歌创作的尝试，形成了格律，出现了律诗。唐初完成了律诗的创制、定型，进入成熟期。律诗讲求对仗、押韵和平仄，格律严格，故名。律诗每首八句，分五言、七言等。五言简称"五律"，七言简称"七律"。此外还有排律（又称"长律"）。①

唐人元稹在谈杜诗时对律诗的弊端说得很到位，他说：

> ……至汉武赋《柏梁》而七言之体具。苏子卿、李少卿②之徒，尤工为五言。虽句读文律各异，雅郑之音亦杂，而词意简远，指事言情，自非有为而为，则文不妄作。建安之后，天下之士遭罹兵战，曹氏父子鞍马间为文，往往横槊赋诗，故其道壮抑扬、冤哀悲离之作，尤极于古。晋世风概稍存。宋、齐之间，教失根本，士以简慢翕习舒徐相尚，文章以风容色泽、放旷精清为高，盖吟写性灵、留连光景之文也，意义格力无取焉。

---

① 参见张荣初：《文学大观园》，中山大学出版社2022年版，第2—3页。
② 苏子卿、李少卿：苏武，字子卿，西汉名臣；李陵，字少卿，西汉名将，后降匈奴。

陵迟①至于梁、陈，淫艳刻饰、佻巧小碎之词剧，又宋、齐之所不取也。唐兴，官学大振，历世之文，能者互出。而又沈、宋②之流，研练精切，稳顺声势，谓之为律诗。由是之后，文体之变极焉。然而莫不好古者遗近，务华者去实；效齐、梁则不迨于魏、晋，工乐府则力屈于五言；律切则骨格不存，闲暇则纤秾莫备。③

新中国成立初，文化界对诗歌创作就有深入讨论。1957年1月14日，毛泽东同臧克家、袁水拍谈诗歌创作问题。毛泽东说：

我已经看了关于新诗旧诗争论的文章。关于诗，有三条：（一）精练，（二）有韵，（三）一定的整齐，但不是绝对的整齐。要从民间歌谣发展。过去每一时代的诗歌形式，都是从民间吸收来的。要调查研究，造成一种形式。过去北京大学搜集过民谣，现在有没有人做？要编一本现代诗韵，使大家有所遵循。诗必须有

---

① 陵迟：渐趋衰败。

② 沈、宋：沈佺期（约656—716）、宋之问（约656—713）。沈、宋均为初唐诗人。二人俱以律诗见称，时称"沈宋"。学者认为："律诗发展到沈、宋手里，才完成体制。沈、宋的律体中一部分是长篇排律；五言而外，也有七言。而佺期在七律发展史上更有突出定位。他今存七律十六首，是初唐诗人中创作七律最多的一个。胡应麟誉之为初唐七律之冠（《诗薮·内编》）。但沈、宋都是宫廷诗人，集中有不少格律精工而内容空洞无聊的应制诗。"马茂元选注：《唐诗选》上，上海古籍出版社2021年版，第43页。

③ 许嘉璐主编：《二十四史全译·旧唐书》第6册，汉语大词典出版社2004年版，第4346页。

诗意，要含蓄。我写词，因为词比较自由，句子长短不
等。不要在青年中提倡旧诗。[1]

　　在此前两天（1月12日），毛泽东复信臧克家说：
"诗当然应以新诗为主体，旧诗可以写一些，但是
不宜在青年中提倡，因为这种体裁束缚思想，又不易
学。"[2]1958年3月22日，毛泽东在"成都会议"的讲话
中指出："中国诗的出路，第一条是民歌，第二条是古
典，在这个基础上产生出新诗来，形式是民族的，内容
应该是现实主义与浪漫主义的对立统一，太现实了就不
能写诗了。"[3]1964年8月18日，毛泽东在北戴河与哲学
工作者谈话时说："司马迁对《诗经》品评很高，说诗
三百首皆古圣贤发愤之所为作也。'发愤之所为作'，
心里没有气，他写诗？"[4]选入《诗经》的诗多是"风
诗"，是老百姓的民歌。1961年3月23日，毛泽东在中
共中央工作会议上讲到调查研究时说："在广东农民讲
习所收集民歌几千首。民歌使人得到很多东西，丢了很

---

[1] 中共中央文献研究室编：《毛泽东年谱（1949—1976）》第3卷，中央文
献出版社2013年版，第63页。
[2] 中共中央文献研究室编：《毛泽东年谱（1949—1976）》第3卷，中央文
献出版社2013年版，第62页。
[3] 中共中央文献研究室编：《毛泽东年谱（1949—1976）》第3卷，中央文
献出版社2013年版，第322页。
[4] 中共中央文献研究室编：《毛泽东年谱（1949—1976）》第5卷，中央文
献出版社2013年版，第390页。

可惜。"①

　　有丰富的诗词创作经验的毛泽东在这里提出诗歌创作原本不是出于大雅之堂的冥思，而是出于人民实践中的有感而发。因此，人民实践才是诗歌诞生的最富饶的土壤：最初是为了实用即部落贮存信息，文字出现后有了审美。格律是诗歌的形式提炼。但随着诗歌的发展，"文体之变极焉"，格律日益复杂反而成了写诗者的门槛，以至"律切则骨格不存"，徒有形式，这样就使诗歌日益脱离人民，使人民在高高的格律门槛前望而却步，而没有人民广泛参与的诗歌创作，诗歌就会"教失根本"，从而陷入"务华者去实"的死路。故此，毛泽东特别强调诗歌的人民性原则，而民歌——就是《诗经》中的"风"——则是诗歌人民性的集中表现，故此，毛泽东说"中国诗的出路，第一条是民歌，第二条是古典"，也就是说，学习和尊重古典格律是必要的，但诗歌不能因此失去它本有的人民性。诗歌是人民吐露心声的工具，来自人民生活的诗歌发展不能反而成了人民望而却步的高墙深院。

　　毛泽东评价讲究格律的旧体诗时说："这种体裁束缚思想，又不易学。"②1965年7月21日，为改诗事致信陈毅。信中说：

---

① 中共中央文献研究室编：《毛泽东年谱（1893—1949）》上，中央文献出版社2013年版，第161页注1。
② 中共中央文献研究室编：《毛泽东年谱（1949—1976）》第3卷，中央文献出版社2013年版，第62页。

你叫我改诗，我不能改。因我对五言律，从来没有学习过，也没有发表过一首五言律。你的大作，大气磅礴。只是在字面上（形式上）感觉于律诗稍有未合。因律诗要讲平仄，不讲平仄，即非律诗。我看你于此道，同我一样，还未入门。①

事实上，在"律诗"领域，笔者更是"门外汉"，借用毛泽东写给陈毅的话说就是"从来没有学习过"，也"还未入门"。在这方面，笔者无意于"班门"，更无心"弄斧"。

但自己毕竟是个读书人，"发乎情，止乎礼义"②毕竟是读书人不能没有的生存状态。司马迁在这方面有深切的体会，总结说：

夫《诗》《书》隐约者，欲遂其志之思也。昔西伯拘羑里，演《周易》；孔子厄陈蔡，作《春秋》；屈原放逐，著《离骚》；左丘失明，厥有《国语》；孙子膑脚，而论兵法；不韦迁蜀，世传《吕览》；韩非囚秦，《说难》《孤愤》；《诗》三百篇，大抵贤圣发愤之所为作也。此人皆意有所郁结，不得通其道也，故述往

---

① 中共中央文献研究室编：《毛泽东年谱（1949—1976）》第5卷，中央文献出版社2013年版，第512页。
② 《十三经注疏·毛诗正义·毛诗注疏第一》。

事，思来者。①

　　"指事言情，自非有为而为，则文不妄作"②也是我力主的诗歌创作原则。笔者多用理论形式来表达对"止乎礼义"的认识，随着年纪增长，这种认识便进入政治及其最核心的战略领域；而诗歌则是笔者表达"发乎情"内容的另一方式。五十知天命，进入天命之年的我认识到"礼义"不能仅是"之乎者也"，"止乎礼义"，就是将与国家或阶级政治的同频共振即"词意简远，指事言情，自非有为而为，则文不妄作"作为文学创作的最高境界。毛泽东在延安文艺座谈会上的讲话中讲过这个问题，在这次讲话中毛泽东提出文艺创作的两个标准："一个是政治标准，一个是艺术标准。"③他还明确提出："为什么人的问题，是一个根本的问题，原则的问题。"④

　　孔子到七十岁悟到了"七十而从心所欲，不逾矩"⑤的人生高境。我人生走过了一个甲子后，才弄懂

① 许嘉璐主编：《二十四史全译·史记》第2册，汉语大词典出版社2004年版，第1557–1558页。
② 许嘉璐主编：《二十四史全译·旧唐书》第6册，汉语大词典出版社2004年版，第4346页。
③ 毛泽东：《在延安文艺座谈会上的讲话》（1942年5月），《毛泽东选集》第3卷，人民出版社1991年版，第868页。
④ 毛泽东：《在延安文艺座谈会上的讲话》（1942年5月），《毛泽东选集》第3卷，人民出版社1991年版，第857页。
⑤ 《论语·为政》。

了"发乎情，止乎礼义"的真义，发乎情，就是"从心所欲"，止乎礼义，就是"不逾矩"，矩，就是政治。政治就是大局。人可以任性，但不能犯规。诚如二程先生所言："礼者人之规范，守礼所以立身也。安礼而和乐，斯为盛德矣。"[1]懂得了"礼"的人才可以称得上"懂事"，"礼"就是政治。

"文章颂戎马，诗词唱大风。"有了这样的认识，我的诗歌创作也就从单纯的个人情绪的宣泄提升至毛泽东说的"政治诗"继而我认识到的"战略诗"领域。非常有幸，本作品得山东人民出版社约稿，根据我上述认识的变化，我为这本书取名为《花甲懂事集》。

最后，需要特别说明的是：读者在读我的诗时会发现多处用"佛"的概念，它不是宗教意义而是哲学意义上的概念。正如毛泽东也谈"上帝"，他只是借用"上帝"一词表达人民的无限法力。1960年，谈到美帝时，毛泽东说："什么是上帝？人民就是上帝，人民决不会饶恕他们的。"[2]1965年2月19日，毛泽东在谈中国经济建设的经验时，对非洲朋友说："上帝就是人民，人民就是上帝。"[3]笔者在本诗集中所使用的"佛"也是大

---

① 〔宋〕程颢、程颐：《二程集》下，中华书局1981年版，第1174页。
② 中共中央文献研究室编：《毛泽东年谱（1949—1976）》第4卷，中央文献出版社2013年版，第391页。
③ 中共中央文献研究室编：《毛泽东年谱（1949—1976）》第5卷，中央文献出版社2013年版，第480页。

自然或历史规律的代词。这毕竟是写诗，用形象的事物比兴，是写诗的基本规律。

花甲懂事，是人活到新高度后的幸福感，身为中国知识分子，幸甚至哉。我在2021年底写的《幸哉新时代》正是这种幸福感的诗意表达：

爱读杜审言，常苦人生短。杜诗藏经验，体悟靠时间。花甲刚懂事，耄耋路不远。击水三千里，人老心无倦。心系两岸情，家和不等天。幸哉新时代，贞观可续年。

事情，情系于事，情随事走；事有多大，情就有多大。当诗人有了"国之大者"的情怀，而非仅仅是个人的私情，这时写出的诗歌就会有较强的感染力。"国之大者"①可以说是本诗集的主线。诗集出版，会有新的朋友和新的交流领域，"嘤其鸣矣，求其友声"②。

感谢山东人民出版社，感谢为这本书付出辛苦劳动的编辑同志。

---

① "各级领导干部特别是高级干部必须立足中华民族伟大复兴战略全局和世界百年未有之大变局，不断提高政治判断力、政治领悟力、政治执行力，心怀'国之大者'，不断提高把握新发展阶段、贯彻新发展理念、构建新发展格局的政治能力、战略眼光、专业水平，敢于担当、善于作为，把党中央决策部署贯彻落实好。"《习近平著作选读》第2卷，人民出版社2023年版，第415页。
② 《诗经·小雅·伐木》。

目录

绪言与诗论

『功夫在诗外』：不懂政治和战略，
有些名诗是读不懂、写不出的

第一章　少年思远行　/ 001

一　只争上游天骄　/ 001

二　水土就是我的父母　/ 014

第二章　一生漂泊求大同　/ 019

第三章　人老最念旧 ╱ 121

第四章　心近是故乡 ╱ 175

一　那年飘雪有承诺 ╱ 175

二　佛赐天女落我家 ╱ 185

三　念念高堂远 ╱ 197

第五章　花甲懂事悔蹉跎 ╱ 213

少年思远行

[少年言志]

一　只争上游天骄

（1979—1983年，大学期间）

高考自勉[①] ｜ 1979年1月，高考前夕，写于西安市第三中学

欲与天公比高，比上天公莫傲。
苍穹云烟不尽，只争上游天骄。

---

① 写这首诗时，我还是知青。那年21岁，准备考大学。当年，我考上西北大学外语系。大学期间边学英文边旁听历史系的课，还考了西北大学古代史研究生，没考上，但打下了历史功底，为后来的研究奠定了良好的基础。

春游华山 | 1980年5月

01

青山两壁立，彩练挂前川。
涓涓流水细，回首花枝繁。

02

山谷水涓涓，花开石桥边。
到此人不渡，戏水白云间。

雨中怀古 | 1980年7月，写于西北大学校园

雨寒思秋色，空蒙万木稀。
回首追往事[①]，欲歌大风曲。

秋雨吟 | 1980年9月3日

大云向东去，细雨洒长空。
极目千万里，万物争秋风。

---

① 往事：1975—1979年我从西安市第三中学毕业，响应党和政府"上山下乡"的号召到陕西省渭南市大荔县八鱼大队第七小队（皇甫村）插队锻炼。1979年我考入西北大学外语系。

华山秋雨 ｜ 1980年9月

夜闻风雨声，少年思远行。
披衣东望去，天地秋色浓。

奋争之歌 ｜ 1981年元旦

仿佛我刚刚踏入世界，两手空空，
两手空空呵，我却、渴望自由。
面对着万里苍穹，
面对着万里长空，
我选择的只是沉默与奋争。

沉默，面对生活，
奋争，为了自由。
展开有力的臂膀吧，
热烈地去拥抱新的"大同"①。
呵——
唯有科学，
才能使一切公平！

---

① 新的"大同"：此指四个现代化事业。

美丽的东方女神[①]泪水汪汪地望着我，
我无限惭愧——
我爱她，她爱我，
我却褴褛不堪，两手空空。
面对着她那妩媚的笑，
我的选择只能是沉默、奋争。

奋争呵奋争，
以奋争赢得光荣。
我仿佛看见——
在一个红旗飘飘的时刻，
我正将用汗水换来的果实，
捧献给我的女神；
我仿佛看见——
我们正满怀鲜花，
走出那古老的长城。

人生 | 1982年2月15日

茫茫大地，芸芸众生。
生命不息，往复无穷。
洪荒远古，现世人生。

---

① 美丽的东方女神：这里比拟中国。

沧海桑田，芳草青青。

人生短暂，宛若流星。

魏武挥鞭，马蹄声声。

川上夫子，长叹人生。

逝者如斯^①，奋进天成^②。

怀念马克思 | 1982年暑假

马克思呵，

你在哪里？

我寻找你，

我呼唤你。

在我那美丽的童年记忆里，

就听说有一个大胡子老人，

懂得很多很多道理；

如今在这青春年华，

我认识了你，

---

① 出自《论语·子罕》："子在川上，曰：逝者如斯夫！不舍昼夜。"

② 天成："人一能之，己百之；人十能之，己千之；必率是灵而无间于欲焉，是天作之，人复之，是之谓天成，是之谓致知之学。"意思是，别人一次就能完成的，自己一百次来完成，别人十次能完成的，自己一千次来完成，一定要利用自己的天性，不被私欲迷惑。这是上天所造就，人保持了天性，这就叫天成，这是致良知的学问。〔明〕王守仁撰，吴光、钱明、董平、姚延福编校：《王阳明全集》卷三十六《年谱附录一》，上海古籍出版社1995年版，第1339页。

我钦佩你。

我钦佩你，
我钦佩你那——
渊博的知识，
智慧的大脑，
光辉的业绩。

每当我捧起《共产党宣言》，
就仿佛听到高加索山谷在呐喊。
每当我阅读《资本论》，
就仿佛看见字行间闪动着一条，
铁的规律！

你是一个普通人，
因此你为普通人的命运奋斗；
你是一个无产者，
可你所占有的精神财富，
　　却辉煌壮丽！

呵，马克思，
我钦佩你，
我需要你：
我需要你的科学方法，

我需要你那创造的活力；
我需要你再一次回到你的故乡，
　　帮助我们，
　　去寻觅通往古代的幽径，
　　帮助我们，
　　揭示出未来的秘密。

呵，马克思，
你在哪里？！

含羞草 ｜ 1982年12月27日

　　　　　儿时家里养了一盆含羞草，其叶片嫩弱如水，
　　敏感舒卷，生命力特别顽强，为之动心，诗记之。

田边有一株含羞草，
普普通通，无人顾及，
可她却唤动着我的心。

她像一个刚刚入世的孩子，
周围的一切使她胆怯、好奇。
她善良地对待着一切，
　　从无怨言，从不反抗，
经受着一次次狂风暴雨。

我粗心地踩伤了她，
她只是默默地将枝叶卷起；
当我感到伤心，
她又热情地伸出那充满活力的膀臂。

我爱上了她，将她移入我的花园，
把她与牡丹相比。
牡丹婀娜多姿，可我的小草更动人心弦。
我的小草并不自卑，
在高傲的牡丹面前自然舒展；
我的小草也不逞强，
她真诚地、善良地对待一切。

任何虚假的东西，
她觉察不到；
任何狂暴的行为，
只能使她委屈地流泪。
……

呵，我的含羞草，
我真心地爱上了你。
你弱小，但你自然；
你含羞，但动我心扉。
我为你写下我的诗，

来倾泻全部真情；
我要永远地守护着你，再也不伤你了，
为你流尽汗水。

善之歌 | 1983年3月

我要把这蓝天撕开，
去窥探后面的奥秘。
我要把这大地拆散，
去寻觅未知的奇迹。

我发现，蓝天后是一团火，
　　大火照亮了天幕。
我发现，大地下是一座魔窟，
　　使这地表黑乎乎。

光明的天照亮了人的灵魂，
昏黑的地埋葬了人的尸体。
高尚的人在火的花环旁，
　　伴着普罗米修斯欢唱；
卑劣的人被驱入地狱，
　　随着犹大的阴魂飘荡。

是谁把世界分为两部分？

是谁把人分为两个等级?
难道这是亚当与夏娃的过错?
难道这是金苹果的魔力?

自从地球上出现人类,
他们就是和睦如一。
人之间的纯真之情,
就像蓝天一样清晰。

自从地球上有了财富,
人类就有了恶习。
感情随着财富狂奔,
一切都为了私利——
　　有了财富,
　　可以占有别人;
　　为了财富,
　　别人也可以占有自己。
商品在人群中无限地分割,
人们被分为无数个等级。
善良的人为人剥夺,
无耻的人却享有荣誉。

但是,在这异化的社会中,

毕竟还有未异化的人；

腐败的草木中，

仍有小枝嫩绿。

马克思、恩格斯、列宁，

哥白尼、爱因斯坦、居里。

他们生活在私有社会中，

却保持了人性的完美统一。

从此，世界就在斗争中前进，

　　善良、卑鄙，

　　天国、地狱。

高尚的魂与日月同在，

无耻的人只留腐尸一具。

来吧，我的神——风神、爱神、战神，

把这不尽的天火，

　　引入地狱；

把这黑暗的地狱，

　　抛向天中。

把人世间最肮脏的东西全部烧毁；

把人世间最善良的东西普及天宇。

让善良的愿望成为现实，

让现实出现神话般的奇迹。

红山石 | 1983年5月16日

> 大学毕业前夕，同学游山捡了一块红色的山石
> 送我，心生感动，赋诗回谢。

一滴殷红的血，
　把一块小山石染红，
红得像一颗真实的心。

这是一件挚友送我的礼物，
　以表示毕业后同学的思念，
　思念就像这山石般永恒。

这裂痕是友谊的记载，
这红色是我那诗的激情，
这褶纹是华山秋雨，
这古朴是我们的真诚。

收下了，同窗共读的同学，
收下了，永生不忘的朋友。
虽然再也不能长廊互勉，
但它却包含着我们的心声；
虽然再也不能轻声交谈，
但它寄托了我们的厚谊深情。

呵，收下了，
这是一颗古老的山石，
这是一颗古朴的心！

蚂蚁纪实 ｜ 1983年6月

大学毕业前在洛阳实习期间，偶见路边蚂蚁搬
运的艰辛，想到了自己毕业后的人生，感而慨之。

一只纤小的蚂蚁，
拖着沉重的食物，
在我脚下爬行。
突然，一道台阶挡住了路，
可它没有返程——
　　爬上去，摔下来；
　　摔下来，爬上去。
　　一次次地失败，
　　一次次地进攻！
它终于翻越过台阶，
拖着沉重的食物，
缓缓地消失在花丛之中。
……

我茫然了，
静静地思索着

人的一生。

毕业杂感 | 1983年8月20日

秋风飒飒，满目空旷。

临窗高卧，一腔惆怅。

春秋四载，起伏跌宕。

窗含积雪，名挂高榜。

壮志烈烈，赞语浪浪。

倏而失意，流落他乡。

尘染脸面，汗湿衣裳。

孤愤街头，昊天苍苍。

昔日同学，漂泊八方。

思情切切，寄托深长。

遥望南天，月光浩荡。

二 水土就是我的父母

（1983—1990年，临潼、杭州教书期间）

望远 | 1983年9月16日，入教第一天，写于临潼
华清中学

树摇山风起，独倚高楼望。

暗山近明月，清辉洒衣裳。
遥看友人远，思念夜更长。
欲随白鹤飞，翩翩逐月光。

深厚 | 1984年1月16日
小草的话

深的水，厚的土，
深厚的自然。
我扎根在这深厚之中，
水土就是我的父母。

我曾无数次被烧、被砍，
　　可我没有死去；
我历经寒冬，饱受蹂躏，
　　可我从未屈服。
我出生在洪荒时代，
　　可至今我叶枝青青；
我度过了沧桑巨变，
　　可我依然本心如故。
我热爱深厚，
我感恩于水土。
我愿用我那绿色的劳动，
　　召唤美好的春天；

我要用我这细嫩的血管，
　　来温暖我那年老的父母。

深的水，厚的土，
深厚的情感。
我扎根在这深厚之中，
水土就是我的父母。

蜡梅 ｜ 1984年1月，写于临潼华清中学

朔风扫天地，寒山空且悲。
独步大雪中，惊喜有蜡梅。

想念 ｜ 1984年6月，写于临潼华清中学

你走了，
　　怎么走了这么长时间？
麦子一片一片地黄了，
　　可你还不回来？

我已磨好了刀镰，
我又理出了几片菜园。
我要种上西红柿、黄瓜、豆角……
　　再也不让你流汗在外；

麦子收完，种上一料①玉米，
　　再也不让你一去不还。

也不知你在天边哪方，
也不知你是热是寒，
你也不给我捎个信，
人家为你操心总是夜难眠。
你的衣裳我已缝好，有棉有单。
我心里藏有许多话要给你讲，有长有短。

你走了，
　　怎么走了这么长时间？
咱家的麦子一片片地黄了，
　　可你咋还不回来？

兄弟的情思　｜　1984年7月，写于临潼华清中学
　致友人

昔日同在天涯沦落，
而今弟兄意浓。
互知冷暖，
共排难忧。

────────────

① 料：量词。

推心置腹，
手足情重。
平素读书兴致飞扬，
更爱携手名山长游。
谈笑今古，
词诗激越，
尽数千年风流。
同怀丈夫壮心，
求索上下，
追求真理，
欲改江山图画中！
愿比翼，遨苍穹，
冰心长存，
相随终生。

白玉兰　｜　1990年春，写于杭州和睦新村

几树白玉兰花开，轻摇春风任剪裁。
洁白如玉无胭脂，疑是天女迎面来。

一生漂泊求大同

[游览述怀、怀古感时、读诗读史]

述怀 | 1994年12月，写于山东大学新校区小树林

一生漂泊求大同，唯此无缘挽长弓。

塞边敢有狼烟起，不惜执剑驱鬼雄。

自勉歌 | 1995年12月

人生在世乐随缘，宽厚自强地无边。

皓月丽日德①为美，诗书文章茶作伴。

---

① 德：此处不主要指传统意义上的"品德"，而是"实事"，即"君子进德修业"中的"德"。进德，就是找到实事，就是格物；修业，就是求是，就是致知，就是寻道。《老子·五十一章》说万物"道生之，德畜之"，就是说德是道的载体。个人品德当服从大道，有道之德，这是"上德"。《老子·三十八章》："上德不德，是以有德；下德不失德，是以无德。"这里的"上德"就是载道之德，反之则是"无德"。

老人行孝图 | 1995年冬

> 在山东大学读博期间，常见七十多岁的传达
> 室老人为母亲拾柴取暖，刀劈锯裁，汗湿单衣。
> 心生感动，赋诗记之。

七十老翁锯木头，形影孤单衣衫瘦。
心念老母冬寒苦，老来尽孝更风流。

感言 | 2005年7月2日

平生守一①孤寂心，最忧国事女儿亲。
只知生死年年有，不觉荣华岁岁新。

偶得 | 2007年4月8日，写于北京大学未名湖畔

少年最爱四月天，未名踏青情依然。
他日若有倚天剑，蟠桃会上问台湾。

西域杂感 | 2018年9月26日，于敦煌途中

日落长河寂寂中，星垂平野寒气重。

---

① 出自《庄子·在宥》："我守其一以处其和。"

塞外秋风狼烟飞^①，更衬五星大旗红。

访界鱼石公园^②感怀　｜　2018年10月28日

野径连山寺，石竹细路高。

乱水影婆娑，秋暖游人少。

湖交鱼不渡，东西各为牢^③。

绵绵千古情，魂牵梦亦绕。

玉溪精神赞　｜　2018年10月31日

秋来云南玉溪，感受到玉溪的巨变。身处古生物学家侯先光先生发现的澄江动物化石群的展馆，脑海中浮现出"精卫填海""愚公移山"等神话故事，想到玉溪人民和玉溪精神，咏而归。

秋来玉溪花烂漫，抚仙湖^④水绕孤山。

---

① 本句寓指美国一些政客越来越高的反华调门。

② 界鱼石公园：也叫海门公园，因园中有一座界鱼石而得名，该公园位于云南玉溪星云湖和抚仙湖中间。

③ 海门河为星云湖的出水口，星云湖水经此流入抚仙湖。连接两湖的海门河又称隔河，长约2.1千米。虽是一条短河，两岸却尽是名山胜水、奇石异洞。海门公园即建在河畔，依山傍水，苍岩翠壁，是两湖游览区的一处天然景观。在隔河中段一石碑上刻着一首诗："星云日向抚仙流，独禁鱼虾不共游。岂是长江限天堑，居然咫尺割鸿沟。"这就是海门公园最引人注目的"两湖相交，鱼不往来"的"界鱼石"奇观。因星云湖的大头鱼和抚仙湖的抗浪鱼以此石为界，抵石而返，不相往来而传为佳话。

④ 抚仙湖：中国著名深水湖泊，位于云南玉溪澄江、江川、华宁三地间。

龙马高台①御长风，举手触天三尺三。

精卫衔木石流泪②，后羿举弓天渐蓝。

聂耳③弦音犹铿锵，愚公推山天地换。

观明末大樟树有感 ｜ 2018年11月8日

> 余杭区委党校校园内有株树龄已有400多年
> 的参天大樟树，为明末古树。绕树观之，想到明
> 末清初那段腥风血雨的历史，感而慨之。

巍巍大樟树，凄苦明末情。

中原编书忙④，关外溅血腥。

---

① 云南玉溪有龙马山，山顶有观景台。

② 观看澄江动物化石群遗址时的感慨。1984年7月1日，中国科学院南京地质古生物研究所研究员侯先光在澄江帽天山发现了"纳罗虫"化石，向人类揭示沉睡了5亿多年的寒武纪早期世界。在这里，科学家采集到了众多寒武纪早期动物标本，计有40多门，150余属，1800多种，涵盖了现代生物的各个门类，还发现多种过去大量存在现已灭绝的动物新种，已超出现有动物分类体系，只能以发掘地名来命名，如抚仙湖虫、帽天山虫、云南虫、昆明虫和跨马虫等。尤为可喜的是在玉溪与昆明交界的滇池海口发现了地球上最古老的脊椎动物——海口鱼的化石，其结构和功能较云南虫还复杂，是世界上发现的化石动物中特异门类最多、埋藏保存最佳、外形最精美、品质最优良的动物化石。科学研究认为它是鱼类—两栖类—爬行类—哺乳类—人类这一生物演化链上的鼻祖。

③ 聂耳（1912—1935），原名聂守信，字子义（亦作紫艺），祖籍云南玉溪。音乐家。中国无产阶级革命音乐先驱。中华人民共和国国歌《义勇军进行曲》的作曲者。

④ 此事指明朝永乐年间，姚广孝及内阁首辅解缙等辑《永乐大典》，初名《文献大成》，是中国百科全书式的古典文献集成，全书22937卷，《不列颠百科全书》在"百科全书"条目中称其为"世界有史以来最大的百科全书"。正本约毁于明亡之际，副本至清咸丰时也渐散佚。八国联军侵入北京，副本大部遭焚毁，未毁者散佚殆尽。今据历年征集所得影印出版约800卷。

清风不识字[①]，江山易手轻。
古今隔纸薄，捅破是真经[②]。

无情是沧桑 ｜ 2019年6月15日
　瞻仰井冈山大井村常青树[③]有感

昔人已去远，斯树仍守望。
夏荫影迷离，秋雨思念长。
故居忆旧事，天地红缨枪[④]。
有情在正道，无情是沧桑。[⑤]

读图 ｜ 2019年10月3日

稀疏芦秆七八，竖着斜着乱搭。
水清如镜倒影，撑起半壁天下。

---

① 这句出自清代翰林官徐骏诗："莫道萤光小，犹怀照夜心。清风不识字，何故乱翻书。"传闻，有人告发说他用清风影射清朝，蓄意诽谤朝廷。雍正即下令将徐骏斩首。
② 真经：指实事求是。
③ 在大井毛泽东旧居屋后有两棵大树：一株红豆杉，一株柞树。当年毛泽东、朱德等经常在树下观看、指导红军操练。据当地导游介绍，1929年2月这两棵树在国民党放纵的大火中被烧枯，到新中国成立那年又重新吐芽，并越长越茂盛。1965年毛泽东重上井冈山时，这两棵树又开花结籽了。1976年，毛泽东逝世后，这两棵树再次枯死，经当地文物部门的救治，恰逢党的十一届三中全会召开时，它们竟又枯木逢春，如今已是枝繁叶茂。当地因此称这两棵树为"常青树"。
④ 天地红缨枪：劳动创造世界，"枪杆子里面出政权"。
⑤ 此句借用毛泽东"人间正道是沧桑"。

秋雨秋思 ｜ 2019年10月4日
　　写在大阅兵之后

一夜秋雨，一夜秋风。雨过
天气开始转凉。
烟花绽放之后，
人们开始思想。

那天是1941年11月7日，
雪压冬云，气温骤降，
德国纳粹侵略者已逼近莫斯科城郊，
斯大林不为所动，红场阅兵如常。
此时的反法西斯斗争才刚刚开始，但
输赢未定，
胜负未知。
在阅兵台上，斯大林只是告诉从红场走过
的红军战士：
　　　伟大的解放使命已经落在你们的
　　　肩上。
　　　你们不要辜负这个使命！
与往年不同，
这次从莫斯科红场阅兵台下走过的红军战士，
没有回家去享受莫斯科郊外的雪夜，
而是直奔反法西斯战场。

苏联红军没有辜负历史赋予的伟大使命,
于1945年4月30日,
把胜利的红旗插在德国柏林国会大厦
顶上。

斗转星移,历史进入2019
1949年10月1日,毛泽东同志在天安门城楼
上向世界庄严宣告:

中华人民共和国中央人民政府今天成
立了!

七十年后的同一天、同一地方,习近平主
席在天安门城楼上告诉我们:

社会主义中国巍然屹立在世界东方,没
有任何力量能够撼动我们伟大祖国的地
位,没有任何力量能够阻挡中国人民和
中华民族的前进步伐。

新时代的伟大斗争
刚刚开始,
大阅兵让我们看到:
新时代的中国已是长缨在手。但
"苍龙"未缚
输赢未定,
胜负未决。

阅兵已经结束，
目标正在展开，
　　在实现伟大目标的征程中，
我们当然知道：
　　军人的荣誉并不在广场，
　　　　广场只是军人奔向战场必经的地方。
阅兵已经结束，
誓言依然响亮：
　　面对国际霸权主义的围堵，
　　阅兵过后，我们不会武器入库；
　　面对祖国统一大业，
　　阅兵过后，我们不会再说"来日方长"！

散步遇秋风有感　｜　2019年10月6日

秋凉心暖思浪漫，欲携宝岛飞天山。
昆仑山上神仙歌^①，中国红里见台湾。

花影悟道　｜　2019年10月27日

寂寞花半闲，空留花影恋。
不慕富贵红，天养是素颜。

---

① 《韩非子·外储说左上》："昔者，舜鼓五弦，歌《南风》之诗而天下治。"

夕阳寒风 ｜ 2019年12月3日晨

青瓦白雪融，落日花更红。
夕阳寒风远，心近春意浓。

散步有感 ｜ 2019年12月12日，于中央民族大学校园

迎风扶栏登高层，欲上明月问苍生。
月光潋滟几万里，几家有暖几家冷？

偶忆 ｜ 2019年12月13日
　　读丰子恺画有感

老来渐多回笼觉，常梦儿时远山红。
旷野老树落日暗，偶闻农家唤猪声。

十五问月 ｜ 2019年12月15日
　　读丰子恺画有感

十五月亮圆，把酒问青天：
月圆家未圆，北南分贵贱？
月光潋滟，朱门欢颜？
秋寒凉意重，路人正衣单？
不忍回首，不忍再看。

灯前老泪流，洒洒稿纸间。

读丰子恺画有感 | 2019年12月29日晨

老将老泪嘘鼓灯[1]，渔阳[2]弹雨叹后生。
莫论南国马膘肥，贵妃温存北军冷[3]。

把盏北望远 | 2019年12月29日
读丰子恺画有感

把盏北望远，窗迎南归雁。
天寒需加衣，地冻家可暖?

经常与国纲 | 2020年2月2日

少年义气论兴亡，老来方知在经常。
经不离常[4]是王道，百姓家常是国纲。

---

[1] 此处借清人严遂成《三垂冈》"鼓角灯前老泪多"句，意为战场归来的老人向后生们言叙战场残酷。
[2] 公元755年安禄山于渔阳兵叛。
[3] "贵妃温存"，杨贵妃曾收安禄山为义子。"北军"，指安禄山的军队。白居易《长恨歌》："渔阳鼙鼓动地来，惊破霓裳羽衣曲。"
[4] 经不离常：经，理论也，常，常识也，意即理论不能离开常识，它源于常识，归于并服务于常识。常识即百姓家常（生老病死）的知识。《初刻拍案惊奇·卷七》："好道秦王与汉王，岂知治道在经常!"

飞燕回家 | 2020年2月27日

樱花点点早发，春树斜枝武大[①]。
青阁朱轩不语，飞燕声声回家。

疾风知 | 2020年4月20日
见某高校松树被大风吹折有感

疾风知劲松，日久见中空。
坐井高论阔，销蚀基本功。

笑花痴 | 2020年5月5日

疏影爬墙不得花，影移花动夕阳下。
红墙不忍笑花痴，花尽影灭一杯茶。

荷赞 | 2020年5月7日

身纤弱不屈，出淤泥弗染。
影华贵隐水，叶飘零向天。

---

① 武大：武汉大学。

顾影 ｜ 2020年5月16日

我立影婷婷，我移影凌乱。
莫谓颇挺拔^①，斜正在瞬间。

忽闻 ｜ 2020年5月18日

云横风轻湖水平，远山近松看倒影。
芦苇风摇涟漪出，忽闻隐隐牧笛声。

佛^②心禅意 ｜ 2020年5月21日

白日依山远，红花影闲闲^③。
佛心涵天地，禅意云水间。

荷赞 ｜ 2020年7月5日

荷红叶两三，花闲笑对天。

---

① 此句反用杜甫《奉赠韦左丞丈二十二韵》"自谓颇挺出，立登要路津"
句，意为人不要太看重自己那一点小才华，人若不与历史（环境）合步，瞬间
就可以变为小丑。
② 我在诗文中多处用"佛"的意象，需要特别说明的是它不是宗教意义而是
哲学意义上的概念。下同。
③ 朱熹《集传》："闲闲，往来者自得之貌。"〔唐〕鲍溶《寄张十七校书
李仁行秀才》："去年八月此佳辰，池上闲闲四五人。" 黄勇主编：《唐诗
宋词全集》第4册，北京燕山出版社2007年版，第1561页。

神韵沉画影，水墨泼大千。

孤影 ｜ 2020年7月5日

春江水未暖，孤影唤同伴。
水天两茫茫，鹅鸣声声远。

青蘋末处看大风 ｜ 2020年7月18日凌晨2：19

书读深处妙思成，行至高台自无声。
不信后浪尽蜂蝶①，青蘋末处看大风。

夜静读书 ｜ 2020年7月18日晚8：25

云起挂天帆，不惊是波澜。
云垂原野阔，月起山渐暗。
归鸟飘飘飞，灯火忽近远。
夜静好读书，读书可延年。

秋至 ｜ 2020年8月7日

夜深秋凉入万家，梦沉不觉别春夏。

---

① 后浪：指青年人；蜂蝶：指轻浮的人。

秋至雨打黄叶落，飘零落地更贵华。

晨雨不屈是花心　│　2020年8月10日晨

　　一夜雨声簌簌。晨起推轩，地湿树蔫，洼地聚水，倒映路灯阑珊，心生触动，看到花，看到树，想到雨中不屈的花心，想到少年，想到生命，正是：

又是一夜风和雨，
摧花有几许？
夜半披衣西望去，
飞驰是思绪。
花人本一体，
有来就有去，
只要来时花飞天，
归土自不语。

回长安　│　2020年8月11日上午9：15

　　今回西安，一路心绪起伏。遥想当年，先贤热泪，英雄热血，白马红日，方阵猎猎，心向往之。正是：离乡老大回，近乡秦音美。诗以记之。

我今回长安，想听大秦声。
儿时亲情在，旧地有老城。

秦城高又长，汉月影冰冷。

始皇扫六合，高祖吟大风。

莽后天下乱，南北缘佛争。

唐王朝甫立，拨乱需反正。

玄奘志高远，天竺求正宗。

西去艰难路，白马落日红。

天竺佛心慈，赠经长安僧。

僧回雁塔起，皇都新学风。

天下僧仰望，心系雁塔灯。

众僧译经忙，万念归一统。

贞观盛世开，玄奘第一功。

玄奘已去远，我心仍锵铿。

今念先贤事，牵马再启程。

读蜀汉史

01 子午峪感怀 | 2020年8月14日

子午古道旁，想起诸葛亮。

蜀国一罪人，虚挂名相榜。

关羽失荆州，皇帝去打仗。

兵败帝病危，埋怨自宰相。

成都羽扇轻，不急去勤王。

政治不坚定，蜀祚自此殇。

帝后尽口号，不再向东方。

东进变北伐，子午道不祥。

六出路不顺，醉心观天象。

死葬定军山，东西没方向。

死前文章多，死后虚名张。

致敬昭烈帝，生死东路上。

今忆蜀旧事，联想是宋江。

遥念蜀好汉，不看卧龙岗。

02 拜谒张良庙[①]有感 | 2020年9月10日

秦岭山路直，不问武侯祠[②]。

汉中故事多，最慕二张[③]事。

03 夜宿留坝忆子房 | 2020年9月12日秦岭

驱车秦岭下，夜宿留坝县。

心慕汉朝事，侧卧张良[④]边。

爱读张子房，心拒武侯远。

张良讲政治，高下韩信间。

张良成功大，英雄亦神仙。

---

① 张良庙位于秦岭柴关岭南麓，紫柏山东南脚下，距汉中留坝县城17公里的庙台子街上。

② 此处指勉县武侯祠，又称诸葛庙，位于陕西汉中勉县武侯镇诸葛古镇，建于蜀汉景耀六年（263年），是为纪念蜀汉丞相诸葛亮而建的祠堂。

③ 二张，即张良、张骞。张骞是汉代杰出的外交家。汉武帝元鼎三年(前114年)，张骞病逝于长安，归葬汉中故里。

④ 张良（？—前190或前189），字子房，杰出的政治家，西汉开国功臣。

是后汉武帝，歌响朔漠天。
念忆太史公，心随子房贤。

04　致敬玄德向东路　｜　2022年3月12日
成都杂忆

成都难忘文殊院，武侯颂辞让人烦①。
絮絮叨叨出师表，暗示先王有授权②。
丞相当年未勤王③，尔辈得勤诸葛亮。
荆州江水声已远，六出祁山成国殇。
不审势宽严皆误④，无战略故作悲怆。
致敬玄德向东路，鄙视孔明步彷徨。

05　读史　｜　2022年12月15日

老来不提诸葛亮，名士做派问题多。

---

① 武侯，即成都武侯祠，亦称孔明庙、诸葛祠、丞相祠等。笔者出差成都曾造访武侯祠，里面烟火缭绕，对诸葛亮的颂辞铺天盖地，倒显汉昭烈庙有些冷清。
② 建兴五年（227年），诸葛亮率军北驻汉中，准备北伐，出发前又作《出师表》：“先帝知臣谨慎，故临崩寄臣以大事也。”通读全文，无非是在告诉其身后“常镇守成都，足食足兵”的朝廷大臣们，不要有其他想法，“先帝知臣谨慎，故临崩寄臣以大事”。
③ “章武三年（223年）春，先主于永安病笃，召亮于成都，属以后事”（《三国志·蜀书·诸葛亮传》），这说明在皇帝战败且病情日深时，诸葛亮不是主动接驾而是被刘备临终前从成都召到永安的——这已是大不忠。到永安后，刘备话题直涉九鼎之事——这已让人感到他对诸葛亮的担忧。
④ “不审势宽严皆误”，出自清人赵藩为武侯祠写的匾联：“能攻心则反侧自消，从古知兵非好战；不审势即宽严皆误，后来治蜀要深思。”这副匾联挂在武侯祠诸葛亮殿。陈家铨选注：《历代名人楹联》，巴蜀书社1989年版，第162页。

唯有七擒孟获事，扼腕圈点赞诸葛。

当年定有不解人，大惑赢后放孟获。

孟获七败释归后，蜀威服望①是南国。

06　鸿毛泰山话不闲　│　2024年7月10日

　　蜀汉，三国时期割据政权之一。221年，刘备在成都称帝，国号汉。263年为魏所灭。共历二世二帝，其时不长，但留下的地缘政治和治国理政经验却无比丰富。张国焘没有深刻认识这些经验，险些将中国革命再次带入险途；毛泽东了解这些经验，最终将中国带入胜利的坦途。②在今后，汲取这些经验对于做好地区治理乃至治国理政是非常必要的。

陈胜啸啸大旗展，汉王鸿门赢中原③。

---

① 服望：服，古代王畿外围，以五百里为一区划，由近及远分为甸服、侯服、绥服、要服、荒服，合称五服。服，服事天子之意。望，拜望。《说文解字》："出亡在外，望其还也。"
② 1935年6月中旬，中央红军翻越夹金山在四川懋功与红四方面军会师后，毛泽东向张国焘指出他的南下方案"事实上会使一、四两方面军被逼退到西康地区……如果我们被敌人封锁在这个地区，将成为瓮中之鳖"。对毛泽东的忠告，张国焘针锋相对说："我看蒋与川敌间矛盾极多，南打又为真正进攻，决不会做瓮中之鳖。"据《资治通鉴》，曹操取得汉中后，刘晔曾向曹操建议："蜀民既定，据险守要，则不可犯矣。今不取，必为后忧。"毛泽东在读到这一段时，在页旁批注："不可信。"毛泽东在读《魏书·刘表传》时批注："做土皇帝，孟德不为。"文献来源可参阅张文木：《张文木战略文集》第8卷《中国地缘政治论》，山东人民出版社2020年版，第93、73页。
③ 汉王：刘邦。当刘邦走出鸿门宴后就赢了天下。

第二章 一生漂泊求大同 037

　　自古四川多困地①，留名尽是诗圣贤②。

　　钓鱼城高笑胡骑③，蒙哥困死山川险④。
　　三顾名士诸葛亮，皇帝领兵宰相闲⑤。

　　立都成都两分力⑥，东救荆州成笑谈⑦。
　　荆州远非云长忿⑧，大义还是进中原。

---

① 宋人苏洵也看出诸葛亮《隆中对》的不切实际。他在《权书·项籍》中对此批评得比较中肯："古之取天下者，常先图所守。诸葛孔明弃荆州而就西蜀，吾知其无能为也。且彼未尝见大险也，彼以为剑门者可以不亡也。吾尝观蜀之险，其守不可出，其出不可继，兢兢而自完，犹且不给，而何足以制中原哉？"〔宋〕苏洵：《权书》，民族出版社2000年版，第71页。
② 诗仙李白与诗圣杜甫均与四川有不解之缘。
③ 指横扫北方的蒙古骑兵不适应西南山地作战。
④ 蒙哥，元宪宗孛儿只斤·蒙哥（1209—1259），蒙古汗国第四代大汗（1251—1259年在位），成吉思汗幼子拖雷的长子。蒙哥即位前曾参加拔都统帅的西征，活捉钦察首领八赤蛮，进攻古罗斯等地。即位后主要致力攻灭南宋、大理等，并派遣旭烈兀西征西亚诸国。1259年，在进攻四川合川钓鱼山（今重庆合川钓鱼城）时去世。
⑤ 指皇帝刘备率兵东征，而诸葛亮则在成都坐镇。据载："先主外出，亮常镇守成都，足食足兵。"〔晋〕陈寿：《三国志·蜀书·诸葛亮传》，上海古籍出版社2002年版，第846页。
⑥ 1953年10月17日，毛泽东在与即将赴越南的韦国清谈话时说："三国时代，刘备终不能取天下，首先是因为误于诸葛亮初出茅庐时的《隆中对》，其为刘备设计的战略本身就有错误。千里之遥而二分兵力，其终则关羽、刘备、诸葛三分兵力，安得不败？"中共中央文献研究室编：《毛泽东年谱（1949—1976）》第2卷，中央文献出版社2013年版，第180页。
⑦ 建安十九年（214年）关羽镇守荆州。二十四年（219年），围攻曹操部将曹仁于樊城，又大破于禁所领七军，因后备空虚，孙权乘机袭取荆州，关羽败走麦城（今湖北当阳东），被俘杀。章武元年（221年）七月，刘备发兵讨伐东吴，意在夺回出川要地荆州。次年兵败，刘备退至永安。
⑧ "初，先主忿孙权袭关羽，将东征。"〔晋〕陈寿：《三国志·蜀书·先主传》，上海古籍出版社2002年版，第824页。

荆州如锁困川蜀，不收复汉成空谈。

夷陵兵败备吐血[①]，痛悔短兵输吴远[②]。

国都遥遥伤元气，兵败血写好经验。

后世重庆近陪都[③]，备改鱼复为永安[④]。

永安皇意都东移，东出国都当推前[⑤]。

---

① 刘备于赤壁之战后，先后拿下荆州、益州，建立了蜀汉政权。而后因发动对吴国的战争，兵败夷陵，终于章武三年（223年）病逝于白帝城，终年六十三岁。

② 指孙吴劳师袭远，蜀汉就近待劳。如此好的作战条件，刘备竟然输于孙权。

③ 蒋介石大概注意到这样的历史教训。1938年，蒋介石进入四川后选择接近荆州的重庆而不是像诸葛亮那样选择川西的成都为陪都，此举使蒋介石比较容易实现对进入中原的咽喉长江三峡的牢牢控制，并为他在全国抗战胜利后迅速东出进入中原奠定了基础。毛泽东在早年对中国地缘政治有过深入的研究，他在阅读三国史时也注意到这一教训。早在1920年3月12日和6月14日，毛泽东就将湖南的发展方向选择在武汉而不是像诸葛亮那样选择在川西，认为应"在最快期内，促进修竣粤汉铁路之湖南线"。在长征途中，毛泽东坚决反对张国焘南下川康的方案，而主张北上接近中原的陕甘地区，也是出于同样的地缘政治理由，1949年10月1日，即新中国成立的当天，重庆被列入首批中央直辖市；1964年毛泽东更是提出"三线建设"，其中将重庆而不是成都作为布局的重心。为了让大家理解他布局重庆的地缘政治考虑，1965年11月26日，毛泽东在听取西南三线工作汇报时提出这样的问题让大家思考："蒋介石退也退到重庆，为什么？总有个道理嘛！"参见张文木：《张文木战略文集》第8卷《中国地缘政治论》，山东人民出版社2020年版，第89页。

④ 鱼复，古县名。春秋时庸国鱼邑，秦置县。治今重庆奉节东白帝城。三国蜀汉刘备为吴将陆逊所败，退居于此，改名永安。晋复旧名。西魏改民复，唐贞观间改名奉节。

⑤ 国都立在成都远离中原前线，这是蜀汉丢失战略要地荆州的关键。刘备意识到此点。鱼复改永安并增加永安兵力，显然有战略东推之意。明初，蒙古威胁仍未完全解除，成祖朱棣"天子戍边"将国都从南京移至北京。毛泽东似乎也注意到此举的意义，1951年4月他在游十三陵时赞扬说，明成祖"敢在北京建都城，敢把自己的陵墓放在这里，不怕蒙古人的铁骑，是个有胆识的人"。盛巽昌、欧薇薇、盛仰红编著：《毛泽东这样学习历史　这样评点历史》，人民出版社2005年版，第103页。

帝知来日时无多，不忍托孤泪涟涟：

一哭不见勤王人，帝败诸葛摇羽扇。

二哭初入白帝城，武侯接驾步姗姗[1]。

帝崩之前争帝嘱[2]，问鼎之心意显然。

若再比较彭老总[3]，鸿毛泰山泥云间。

呜呼！

备言东进殉东路，诸葛喊东心北南[4]。

---

① "章武三年（223年）春，先主于永安病笃，召亮于成都，属以后事"，这说明在皇帝失败且病情且深时，诸葛亮不是主动接驾而是被刘备临终前从成都召到永安的。参见〔晋〕陈寿：《三国志·蜀书·诸葛亮传》，上海古籍出版社2002年版，第847页。

② 诸葛亮到永安后，刘备话题直涉九鼎之事，嘱亮："君才十倍曹丕，必能安国，终定大事。若嗣子可辅，辅之；如其不才，君可自取。"在诸葛亮表态"效忠贞之节，继之以死"后，刘备才诏敕后主："汝与丞相从事，事之如父。"〔晋〕陈寿：《三国志·蜀书·诸葛亮传》，上海古籍出版社2002年版，第847、848页。

③ 彭老总：彭德怀。新中国成立后，彭德怀任中央人民政府人民革命军事委员会副主席、西北军政委员会主席、中共中央西北局第一书记、西北军区司令员。1950年10月，当美帝国主义侵略朝鲜、严重威胁中国边境安全时，彭德怀坚决拥护抗美援朝的决策，出任中国人民志愿军司令员兼政治委员，指挥中国人民志愿军，同朝鲜人民军一起，在七个月内连续进行五次战役，把以美国为首的"联合国军"赶回到"三八线"，迫使其转入战略防御，接受停战谈判。经过两年边打边谈，战争双方于1953年7月签订停战协定。

④ 诸葛亮一生誓言"北定中原"，可其战略布局——与后来的张国焘"向南""向成都打"的方案相似——却与中原越来越远。

北进六出望星死①，不东不西定军山②。

呜呼！
诸葛惜名诗文多，科技发明也贡献③。
絮絮叨叨出师表，千言万语托孤权④。
丞相当年未勤王，尔等得勤诸葛亮。
国之大者抛脑后，蜀亡坊传蜀相贤。

叹曰：
武侯西去昭烈远⑤，格局泥云事后看。
历史是非石不动，鸿毛泰山话不闲。⑥

---

① 六出：指诸葛亮六出祁山。望星：现白帝庙有明良殿、武侯祠、观星亭等明清建筑，武侯祠内供诸葛亮祖孙三代像，祠前的观星亭传说是诸葛亮观星象之地。
② 定军山位于陕西省汉中市勉县城南5公里。据载："亮遗命葬汉中定军山，因山为坟，冢足容棺，敛以时服，不须器物。"〔晋〕陈寿：《三国志·蜀书·诸葛亮传》，上海古籍出版社2002年版，第856页。
③ "亮性长于巧思，损益连弩，木牛流马，皆出其意。"〔晋〕陈寿：《三国志·蜀书·诸葛亮传》，上海古籍出版社2002年版，第856页。
④ "先帝知臣谨慎，故临崩寄臣以大事也。"〔晋〕陈寿：《三国志·蜀书·诸葛亮传》，上海古籍出版社2002年版，第850页。
⑤ 诸葛亮和刘备的谥号分别为忠武侯、昭烈帝。
⑥ 最后两句是对明人杨慎《临江仙·滚滚长江东逝水》中"是非成败转头空""古今多少事，都付笑谈中"诗句的批评和反用，意即历史中国家兴衰成败都是血写的经验和教训，后人必须认真汲取。往事并不如风，司马光写《资治通鉴》的目的是"鉴前世之兴衰，考当今之得失"。〔宋〕司马光：《进资治通鉴表》，王仲荦等编注：《资治通鉴选》，中华书局1965年版，第398页。

大秦再出征 | 2020年8月14日，写于从西安回北京的列车上。

云低平野阔，车驰回京城。
畅想我秦军，铁马走秋风。
秦军出潼关，两岸须一统。
中原不逐鹿，大志在海空。
秦王驱铁甲，鞭指"台独"梦。
两岸不统一，中华事无功。
海东美国吼，海西霜凝重。
蔡家里灯灰，秦旗猎猎红。
天助大中华，统一不是梦。
纸虎坠烟海，阿里山花红。

七夕红云掩清月 | 2020年8月25日

七夕明月云海间，恋情痴痴恋人远。
嫦娥广寒寂寞舞，芳心羞容红晕掩。

江山美人
读唐史

01 马嵬坡 | 2018年11月24日凌晨

英雄爱美古今同，高下全在江山重。

一骑红尘荔枝来，北胡长安笑玄宗。

马嵬坡前花溅泪，兵变铿锵欲逼宫。

入川途上寒衣薄，唐祚飘摇西风中。

02　华清宫 ｜ 2020年9月1日

　　在临潼华清宫观看以李隆基与杨玉环爱情为主
题的大型歌剧《长恨歌》，回来的路上，思绪万千，
不以为然，深为杨玉环的悲剧命运扼腕叹息。

长恨无歌恨绵长，明皇玉环醉霓裳。

惊闻马嵬有斧声，玄宗先推贵妃杨！

统一策 ｜ 2020年9月23日

潇潇秋雨歇，抬眼望两岸。

天兵冽冽过，仁心在城全[①]。

天兵回话硬：没有中间线[②]。

回顾台湾事，事情在周边。

岛人多同胞，绑匪[③]是关键。

---

① "凡用兵之法：全城为上，攻城次之。"陈曦：《孙子兵法·作战篇》，
中华书局2012年版，第37页。
② 2020年9月18日清晨7时10分到10时30分，解放军共出动18架次军机，
从四个方向抵近台湾本岛。台军机广播向解放军喊话："你已飞过'海峡中
线'，立刻转向脱离。"解放军战机飞行员则以"没有'海峡中线'"回应。
③ 指深度干涉和介入台湾问题的美国、日本等国家的反华势力。

绑匪今肾虚，蔡女①已胆寒。

可学毛泽东，围城再打援。

可学曾国藩，险除陴不安②。

化瘀先活血，旁敲贼自乱。

搂草打兔子，智慧在民间。

北平有先例，西藏有示范。③

再远有施琅，澎湖后息战。④

统一事不拖，两岸路不远。

偶遇 | 2020年9月26日

叶落仍持矜⑤，不屈是春心。

秋雨洗天地，飘然若君临。

---

① 指蔡英文及其当局。

② 险除陴不安：陴，城墙。"守险不守陴"是太平天国创立的守城战法，其特点是将精锐兵力用于控制环城四周险地，造成敌军四面受制而无力集中攻城的战略张力。同样，如四周险地失守，城郭自然不保。当年曾国藩就是用后一方法拿下太平天国国都南京的。

③ 1949年和平解放北平是在平津战役胜局定后，1950年和平解放西藏，是在解放军攻下昌都之后。

④ 1683年（康熙二十二年）六月中旬，施琅率军渡海收复台湾，不久占领澎湖，对台造成围而不攻的压力，刘国轩逃往台湾。郑克塽见败局已定，携刘国轩等台高官和平归顺。

⑤ 持矜：手持矛柄。矜，矛柄。此指落叶挺拔昂扬，高贵如初。

夜归 ｜ 2020年10月5日

楼前停车声，夜空星月明。
窗灯影凌乱，尽是回家人。

不舍 ｜ 2020年10月11日晨6：34

明月不舍去，天亮仍徘徊。
推轩轻声问，明晚可还来？

胜者在短地 ｜ 2020年10月21日下午

　　毛泽东曾批评王明不知道"人要吃饭，走路要用脚，子弹能打死人"[1]。在中印边界问题上，许多人缺少的就是辩证唯物主义分析方法，其文多如博古，猛言如王明。笔者课间面对地图，扼腕唏嘘。正是：

讲课不空论，谈兵不论奇。
奇正在地形，地形看补给。
粮草跟不上，神仙也着急。
莫说天兵勇，不敌腹中饥。

---

[1] 参见孙宝义、孙靖雯、邹桂兰编著：《毛泽东的幽默智慧》，人民出版社2015年版，第256页。

打仗要吃饭，人饿力不济。

打仗要走路，路陡疼脚底。

子弹打死人，不问啥主义。

生死瞬间事，猛言均无益。

西南海拔高，谁远谁失利。

后勤定成败，胜者在短地。

书生不知兵，农民懂此理。

秦心回家人　｜　2020年10月27日晨7：35

夜半起，望星空，把酒问天，诗以言志：

云轻随鹤远，人老梦易沉。

少出为东海，老来秦忆深。

生前一书桌，只为主义真。

死后不占地，文章自可陈。

秦人兵马勇，图腾是战神。

祖国统一日，秦心回家人。

问汾酒，英雄泪　｜　2020年11月9日凌晨4：38

夜半问汾酒，心旷神亦闲。

大功自可醉，拥书若神仙^①。
常思晋旧事，连城是河山^②。
壶翻浊酒空，英雄泪涟涟。

灵隐寺 ｜ 2020年11月23日

读图忆杭州

宾王诗旧已千年，刘泰和应在前面。^③
笔枯不能写灵隐，飞来峰上问天仙。

万岁毛泽东 ｜ 2020年11月28日

应邀赴粤黔讲学一路有感

冬来南粤地，讲学亦匆匆。
抬眼芒果硕，落地声扑通。
俯拾捎北君，行李怕超重。
无情抛将去，洒落花丛中。
落花伴日出，相思南国红。

---

① 陕南镇守使北洋军阀管金聚1919年书写"英雄神仙"巨碑，立于张良庙
"拜石厅"前。
② 出自〔清〕严遂成《三垂冈》："英雄立马起沙陀，奈此朱梁跋扈何。只
手难扶唐社稷，连城犹拥晋山河。"
③ 出自〔明〕刘泰《题戴进西湖图》："深洞老猿呼不应，和得宾王旧诗句。"

南国生红豆①,遥寄好友朋。

家人在北国,天寒地已冻。

短信忽西来,相邀赴黔中。

贵阳天骤冷,热血论纵横。

课堂讲地图,窗外飘雨虹。

次日访遵义,耳畔湖南声。

痛陈中国路,润之湘音浓。

遵义会议后,红旗卷西风②。

东南做事起,西北收实功③。

三军会陕北,长缨缚苍龙④。

人民新中国,万岁毛泽东!

问天 | 2020年12月23日

天意高难问⑤,偏执是少年。

自信二百岁,水击可三千。⑥

---

① 出自〔唐〕王维《相思》:"红豆生南国,春来发几枝。愿君多采撷,此物最相思。"

② 出自毛泽东《清平乐·六盘山》:"红旗漫卷西风。"

③ "'东方物所始生,西方物之成孰。'夫作事者必于东南,收功实者常于西北。"许嘉璐主编:《二十四史全译·史记》第1册,汉语大词典出版社2004年版,第247–248页。

④ 出自毛泽东《清平乐·六盘山》:"今日长缨在手,何时缚住苍龙。"吴正裕主编:《毛泽东诗词全编鉴赏》,中央文献出版社2003年版,第167页。

⑤ 杜甫《暮春江陵送马大卿公恩命追赴阙下》:"天意高难问,人情老易悲。尊前江汉阔,后会且深期。"

⑥ 毛泽东:"自信人生二百年,会当水击三千里。"吴正裕主编:《毛泽东诗词全编鉴赏》,中央文献出版社2003年版,第18页。

洛阳偶感 ｜ 2021年1月3日

昔唐牡丹贵，最贵是红花。
花红红满天，梦忆走白马[①]。

念念长安槐 ｜ 2021年1月13日晨6:03

诗心近李贺，唐乐九天外。
凤凰高飞远，八仙[②]驾鹤来。
星斗西驰急，不觉东方白。
把酒望星影，念念长安槐[③]。

遥忆青城山 ｜ 2021年1月14日

遥忆青城山，问茶古道边。
推轩僧影动，近水可观天[④]。

---

① 白马：《洛阳伽蓝记》载，汉明帝遣使求法，"时白马负经而来"，后以为寺名。参见郝建梁、班书阁编：《中国历史要籍介绍及选读》，高等教育出版社1957年版，第80页。
② 八仙：笔者的家乡西安有八仙庵，是西安最大、最著名的道教观院，位于西安市东关长乐坊。民间传说为唐代吕洞宾遇汉钟离感悟成道之处。
③ 长安槐：儿时常爬槐树摘槐花，带回给母亲做槐花麦饭，香甜可忆。
④ 观天：寺前池水中有蓝天倒影。

读史偶感 | 2021年3月3日

天地无城府^①，大道是沧桑。
国事色黑白^②，成败在沙场。

夜读毛泽东（诗组） | 2021年3月5日

每天半夜起来读几页《毛泽东早期文稿》，
可以与毛泽东神通，愿随毛泽东事业，虽千万
人，吾独往！^③诗言志：

01

老读青年毛泽东，所思所想有共鸣。
是非判定在事后，花甲看事事自明。

02

夜读润之可神交，盖因知老再看小。
老时复读少年文，方见明烛高天照。

03

夜半捧读毛泽东，方知阴阳亦可通。

---

① 城府：比喻待人接物的心机。
② 黑白：输赢。
③ 《孟子·公孙丑上》："自反而缩，虽千万人，吾往矣。"

主席先问美帝事，后说中华事可成。

04

夜读青年毛润之，天地首义是良知。
率真最近是大道，得道人民事不迟。

05

有人爱国先求利，失道最终害自己。
多学青年毛润之，公者千古私一时。

06

夜半窗外听雨声，我心最近毛泽东。
读书自古不唯上，看人不可离道统。
实事求是知兴衰，藏书万卷觅正宗。
醉眼借酒好问天，夜半读书能神通。
欲知当下中国事，推轩遥念毛泽东。
韶山青蘋大风起，花莲①潮回东方红。

07

夜读青年毛泽东，历历在目韶山冲。
润之润之吾辈在，长缨在手缚苍龙。

① 花莲：中国台湾战略海港。

08

夜读青年毛泽东，心心相印感受同。
推窗抬头寻北斗，忽见东天远泛红。

09

酒干最忆毛泽东，人老回看韶山冲。
江山大事人民事，不忘那年太阳红。

10

老来读书有汾酒相伴，
少年毛泽东大志高远。
生死安足论，
独令我来何济世。①
受感染，
欲随君，
虽川山万万！

---

① 〔宋〕文天祥《正气歌》："当其贯明，生死安足论。"1915年，湖南一师学生易咏畦病逝衡山家中，学校于5月23日举行追悼会，毛泽东撰挽联："胡虏多反复，千里度龙山，腥秽待湔，独令我来何济世；生死安足论，百年会有役，奇花初茁，特因君去尚非时。"中共中央研究室、中共湖南省委《毛泽东早期文稿》编辑组编：《毛泽东早期文稿》，湖南人民出版社2008年版，第5页。

11

读书接天道，势在命自高。

冬来夏虫去，九天彩虹飘。

是非不必辩，云泥天知晓。

先生杨昌济，润之得道早。

吾心随润之，此生死不老[①]。

12

少读毛泽东，只知东方红。

老读毛润之，泪目韶山冲。

远眺长白山 | 2021年3月6日

　　隋朝至中华民国，我国历史上多次出现全国性的长期战乱，其暴发源头多在关外，正是有了1953年抗美援朝的胜利，"和朝鲜人民一起打回到三八线，守住了三八线"[②]，我国东北才有了迄今仍旧稳固的安全形势。正是：

---

① 《老子·三十三章》："不失其所者久，死而不亡者寿。"

② "和朝鲜人民一起，打回到三八线，守住了三八线。这是很重要的。如果不打回三八线，前线仍在鸭绿江和图们江，沈阳、鞍山、抚顺这些地方的人民就不能安心生产。"毛泽东：《抗美援朝的胜利和意义》（1953年9月12日），中共中央文献研究室、中国人民解放军军事科学院编：《毛泽东军事文集》第6卷，军事科学出版社、中央文献出版社1993年版，第355页。

长白山不远，昔年尽硝烟。

兵荒马乱去，一九五三年。①

追梦 ｜ 2021年3月7日凌晨2：29

远谋不进山②，退回方寸间。

帷幄在沙场，追梦曾国藩③。

云低渡陕春 ｜ 2021年3月16日，于西安曲江宾馆

惊闻北京沙尘暴有感

北天吹黄沙，京城染红尘。

三峡出平湖，云低渡陕春。④

---

① 1953年7月27日，美国与中朝签订《朝鲜停战协定》，抗美援朝胜利结束。

② 语意取自白居易《中隐》："大隐住朝市，小隐入丘樊。"参见王艳平编著：《唐宋诗词选讲》下，宁波出版社2021年版，第685页。

③ 青年毛泽东曾说："愚于近人，独服曾文正。"中共中央文献研究室、中共湖南省委《毛泽东早期文稿》编辑组编：《毛泽东早期文稿》，湖南人民出版社2008年版，第73页。

④ 借用毛泽东"高峡出平湖"和杜审言"梅柳渡江春"句意境。两句意思是说三峡位势抬高使阻在秦岭南麓的印度洋随风北上的云系东移减速和北上加速。印度洋云系越过秦岭后与西伯利亚随风南下的云系相交面加大，交会时间延长，陕甘一带降雨量增加，雨季增长，这是近些年陕西植被面积大幅增加的重要原因。有科学家认为，水主要是从天上来而不主要是从地下冒上来。"1961年，科学家托维利提出，地球水是太阳风的杰作。太阳风是太阳外层大气向外逸散出来的粒子流。从地球形成至今，地球从太阳风中吸收氢的总量达1.70×10^{23}克。如果这些氢全部与地球上的氧结合，可产生1.53×10^{24}克的水，恰恰接近地球水的总量1.43×10^{24}克。"张新国主编：《探索与发现·神奇的地球》，北方妇女儿童出版社2011年版，第22页。

雨水东南丰，天匀西北人。
渭城朝雨来①，黄土冒竹笋。

垅高天自低 | 2021年3月26日
读图有感

垅高天自低，阔步日月里。
路盘卧凤凰②，轻吟大风曲③。

射天狼 | 2021年4月12日

依依不舍是书房，书房最恋台灯光。
终生不悔穷经事，皓首举弓射天狼。

大风起 | 2021年4月12日晚

夜深大风起，春晚裹寒衣。
花飞影凌乱，四季可相逆？

---

① 借用唐代王维"渭城朝雨浥轻尘"句。
② 盘绕在黄土高原上的弯曲道路远看犹如一只卧着的凤凰。
③ 大风曲：《史记》载高祖平定天下，回到故乡沛，召父老子弟饮酒唱歌。
酒酣，高祖击筑而歌："大风起兮云飞扬，威加海内兮归故乡，安得猛士兮守
四方！"后人称为《大风歌》。

天琴（两首）

01　紫竹苑看依依垂柳有感 | 2021年4月20日
凌晨4：41

天琴何其美，弦动垂柳间。
风轻琴音沉，苍茫落日远。

02　回西安动车看高空电线 | 2023年9月22日

天琴何其美，夕阳何苍茫。
秦腔西风烈，弦动音铿锵。

花莲问酒 | 2021年4月25日，于广州珠江岸边

明月珠江广州塔，何时戎装过海峡。
不甘蓑衣任平生①，常梦花莲问酒家。

统一语沉不缠绵 | 2021年5月11日

同济大学拜访朋友，梧桐树荫，细雨簌簌，
长谈祖国统一及统一后的设想，赋诗记之。

---

① 〔宋〕苏轼《定风波》："莫听穿林打叶声，何妨吟啸且徐行。竹杖芒鞋
轻胜马，谁怕？一蓑烟雨任平生。"

01

五月细雨五月花，黄浦江水如泪下。
泪水滔滔似东海，同济诗梦花莲霞。

02

暮见星旋转天轮，沪上解吴说乾坤。
祖国统一商谈事，主谈曰吴反曰吞[1]。

03

北人动情在东南，统一语沉不缠绵。
强国必于东南起[2]，威加海内取花莲[3]。

夜话大势 ｜ 2021年5月13日

昨晚灯下话大势，窗外簌簌落雨时。
戎装不脱待号令，好酒留备凯旋日。

---

[1] 吴，东南之谓。又主谈，不谈曰"吞"。《吴志·薛综传》：吴，"无口为天，有口为吴。君临万邦，天子之都。"〔晋〕陈寿：《三国志》，上海古籍出版社2002年版，第1154页。

[2] 〔汉〕司马迁："夫作事者必于东南，收功实者常于西北。"

[3] 〔汉〕刘邦《大风歌》："大风起兮云飞扬，威加海内兮归故乡。安得猛士兮守四方！"

抒怀 | 2021年5月27日，生日

五月岁催人，常忆是少年。

倔强话率直，只缘人生短。

人生要做事，太绕费时间。

不求人前美，学问事后看。

誉毁如浮云，国事大如天。

桑梓在三秦，功成在两岸。

两岸统一近，廉颇尚可饭。

西域锁喀什①，东海守花莲。

沿海黄金地②，防线须推前。

台海水池浅，花莲看白帆。

观云 | 2021年6月3日

老来常思国荣衰，陆翁铁马冰河开③。

日近端午屈子事，喜看大鹏双归来④。

---

① 喀什：中国新疆战略通道。
② 指从大连到广州的经济发展较快的地区。
③ 化用〔宋〕陆游《十一月四日风雨大作》："僵卧孤村不自哀，尚思为国戍轮台。夜阑卧听风吹雨，铁马冰河入梦来。"
④ 2021年6月2日回家路上，喜见天有大云酷似一对大鹏双双归来。

牵手　| 2021年6月3日凌晨4: 04

风高月黑夜，灯火花无尘。
牵手树不语，影斜回家人。

清晨海边品茶随想　| 2021年6月4日，于北戴河

浪花淘尽帝王事，孤影远帆一杯茶。
抬眼旭日东方红，西望春深成白沙^①。

北南西东歌　| 2021年6月11日

北天冬云未远，南地年过暖困。
抬眼云淡风轻，梦入西红东春^②。

端午午夜话屈原　| 2021年6月14日

端午无眠，端午无眠。
不为离骚，不为屈原。

---

① 化用唐代杜甫《春望》"国破山河在，城春草木深"句，寓意曾经的西方
繁荣渐成历史。
② 西红东春：四方中，西为秋，如秋方（西方）；红，熟也。西红即秋熟。东
春，《公羊传》："昏斗指东方曰春。"《史记》："东方木主春。"

离骚千古，文采灿然。

文以载道，道理简单。

屈子无刀①，徒有长叹。

一八七一，公社经验。②

头颅落地，离骚满天。

卡尔③血书，专政经验。

古今一理，中外皆然。

四一二④近，汨罗江⑤远。

---

① 毛泽东《七绝·屈原》诗中说："屈子当年赋楚骚，屈原手中握有杀人刀。艾萧太盛椒兰少，一跃冲入万里涛。"何新认为"握有"可能是湖南话的"莫有"误录，予以为然，不然就无法理解手拿着刀把子的人怎么会跳到江里自杀。参见吴正裕主编：《毛泽东诗词全编鉴赏》，中央文献出版社2003年版，第566页。
② 指1871年，巴黎公社失败后马克思写了《法兰西内战》，深化了无产阶级专政思想。
③ 卡尔：指卡尔·马克思。1871年法国巴黎公社失败后，马克思发表了《法兰西内战》，概括了巴黎公社的历史经验，发展了马克思主义关于无产阶级革命和无产阶级专政的学说，特别是用巴黎公社的新经验进一步论证和丰富了无产阶级革命必须首先打碎资产阶级国家机器的思想。马克思认为，巴黎公社在政治、经济、教育等方面所采取的措施，体现了人民管理制的发展方向。巴黎公社"实质上是工人阶级的政府，是生产者阶级同占有者阶级斗争的结果，是终于发现的、可以使劳动在经济上获得解放的政治形式"。《法兰西内战》在总结巴黎公社的经验时，既尊重历史发展的客观规律，又尊重群众的革命首创精神，充分体现了马克思鲜明的无产阶级立场和彻底的唯物主义历史观。
④ 四一二：1927年4月12日蒋介石在上海发动的反革命政变。
⑤ 汨罗江：位于湖南东北部，相传，诗人屈原于公元前278年投汨罗江自杀。

国际悲歌，军队政权。①

治病如治国 | 2021年7月4日凌晨

夜酒论中医，中医讲平衡。
治病如治国，治国若养生。
用药如用兵，兵重为全城②。
武者李小龙，短拳如神风。
孙子三千年，兵圣毛泽东。
台海水不深，上古可步行③。
两岸地不远，鱼蟹可轻烹④。

① "四一二"之后，毛泽东写诗"国际悲歌歌一曲，狂飙为我从天落"，并
提出"枪杆子里面出政权"的思想。中华人民共和国成立后，他多次说：政
权就是军队。1956年4月16日晚，毛泽东在中南海勤政殿会见南斯拉夫军事
代表团时说："什么叫政权？主要是军队。没有军队，就没有政权。什么叫独
立？就是军队。没有军队，就没有独立。什么叫自由？自由也是军队。没有军
队，就没有自由，人家就要压迫你们。"中共中央文献研究室编：《毛泽东年
谱（1949—1976）》第5卷，中央文献出版社2013年版，第340页。
② 全城：保全城池。"凡用兵之法：全国为上，破国次之。"陈曦：《孙子
兵法·作战篇》，中华书局2012年版，第36页。
③ 距今10 000年左右时，我国台湾海峡是可以步行的低地。在台湾海峡海
底，静卧着一道横亘海峡的浅滩。这道浅滩发端于福建东南沿海的东山岛，向
东延伸到海峡中部的台湾浅滩，再向东北，经澎湖列岛而后直至台湾西部。学
界通常称这道浅滩为"海峡陆桥"或"东山陆桥"。地理位置在北纬22°33′—
23°46′和东经117°10′—119°21′之间。参见谢传礼等：《末次盛冰期中国海
古地理轮廓及其气候效应》，载《第四纪研究》，1996年第1期，第5页。
④ "治大国，如烹小鲜。"陈鼓应注译：《老子今注今译》，商务印书馆
2003年版，第291页。

国运已厚积，大事短地成。[①]

夏风　｜ 2021年7月14日

潋滟西湖水，飘飘卷云闲。
画船湖心去，夏风送人远。

学习四难歌　｜ 2021年7月15日

学习难懂是经常[②]，人生难做在平常。
评议难得能言平[③]，言平难在义[④]中央。

玄奘事不远　｜ 2021年7月16日凌晨
读沙漠考察队图片有感

云飘大漠闲，若佛观九天。
沙海追梦人，玄奘事不远。

---

① 国家战争资源的输送能力与其需要克服的地理距离成反比，装备跟进的规模和持续时间长短决定战争的成败。英国地理政治学者奥沙利文在其著作中有独到的研究，他写道："一个国家在它的边境之外施加强权，不管其目的如何，这个发动国的力量将随着距离的延长而减弱……从军事上来讲，距离仍然是最好的防御。""在运输力量和交通通讯上，距离的摩擦损耗侵蚀了实力的强度。"［英］P．奥沙利文：《地理政治论——国际间的竞争与合作》，李亦鸣、朱兰、朱安译，国际文化出版社公司1991年版，第11、12页。
② 经常：经是理论，常是常识。理论必须符合常识，而非相反。
③ 言平：即说话要持公允的态度。
④ 义：言有义，即要讲政治。

东海事　| 2021年7月17日凌晨

　　闻美军一架C-146A运输机降落台湾松山基地①，有感而发。

欲醉不想醉，已醉不想睡。

夜半忆旧事，不知酒或泪。

泪咸不是酒，酒甜人老垂。

家事恩怨小，天道不可违。

人老问东海，都说事可为。

美机既入岛，我可落台北。

没有"中间线"，"台独"风可吹。

美机虚声张，时机可前推。

千鹤　| 2021年7月20日

千鹤不忍晓月远，引来东风吹天蓝。

金城②闲话河东事③，鼓角灯前老泪干④。

---

① 2021年7月15日，台湾TVBS新闻网消息，一架C-146A美军行政专机15日上午降落在台北空军松山基地，短暂停留34分钟后起飞离台。对此，台湾空军声称，空军并未与这架飞机有所接触。https://baijiahao.baidu.com/s?id=1705324289560342630&wfr=spider&for=pc。

② 金城：兰州。金城为长安西大门。西控河湟，北扼朔方，是丝绸之路的要冲，同时高原群山环绕，易守难攻。朝廷借此控制了河西走廊，切断了匈奴与羌人的联系。河西雄郡，金城最。"河西、陇右安危之机，常以金城为消息。"

③ 河东事：指唐末李克用曾在此地勤王复唐的故事。河东，古指今山西西南部。黄河由北向南流经此地，因在黄河以东，古称河东。

④ 化用清朝严遂成叙述李克用与其长子李存勖艰难创业的《三垂冈》"风云帐下奇儿在，鼓角灯前老泪多"句。

松江夜语 | 2021年7月22日

风轻上海行，松江星月明。

星绕月闪闪，月照江水声。

不看昆仑高，东望花莲影。

国事大如天，个人得失轻。

利禄浮云远，死生后功名。

人虚论逻辑①，大国看输赢。

老枝向天 | 2021年7月23日

幼时只知破土艰，出土顿觉天地宽。

天高云低红日出，老枝向天天更蓝。

珠江晚霞 | 2021年7月25日凌晨3:33

晓看秋林花红湿，夕阳珠江晚霞时。

夜半酒浊嫦娥月，文木醉身问天痴。

---

① 此指形式逻辑。黑格尔在确认形式逻辑的贡献的同时，也批评形式逻辑是只能解决简单的"学校的逻辑和学校的形而上学"，"并且不管人们如何规定真理，它们对于较高的真理，例如宗教的真理，总是不能适用的；——它们根本只涉及知识的正确性而不涉及真理"。［德］黑格尔：《逻辑学》上卷，杨一之译，商务印书馆1966年版，第16页。

粤水倒影蛮腰小^①，次日南方论形势。
高楼灯花流影去，最美戎装花莲^②诗。

空论康靖悲歌 ｜ 2021年7月27日
开会偶感

会议些许学者，发言很像八哥。
清脆不涉问题，滔滔喋喋啰唆。
三种可能研判，机遇挑战并摞。
结局有待观察，不言如何去做。
结尾貌似平稳，其实啥也没说。
仓颉造字意深，会字人云意合。
开会交流有益，人云亦云不可。
心头忽掠北宋，空论靖康悲歌。

中山陵问事 ｜ 2021年7月31日晚9：33

相约又逢时事艰，武汉南京路不远。
西国末日多狂疯，中华同心画大圆。
致敬南京人民好，闲看蚍蜉撼树难。
天道不怜虫哀鸣，秋来冬去是新天。

---

① 广州塔：又称广州新电视塔，昵称"小蛮腰"。广州塔塔身主体高454
米，天线桅杆高146米，总高度600米，是广州市的地标工程。
② 指台湾花莲。

春来可约中山陵，虎踞龙盘紫金山。
举香高问中国事，先生^①答曰是台湾。

天道 | 2021年8月3日凌晨2: 21

人老天不贱，树老人惜怜。
高枝问天道，天说在东南^②。

天道酬心 | 2021年8月5日
读毛泽东书法作品有感

天道酬心不酬勤，好字布局大道隐。
泼墨深浅藏形势，飞白尽显天地心。

七月上海大风起 | 2021年8月6日

参加国防大学政治学院军事政治学专家论坛
并参观《共产党宣言》情境教学馆有感。

七月上海大风起^③，虹桥驱车松江区^④。
高楼朗朗中国事，论坛铿锵有主题。

---

① 指孙中山先生。
② 此指祖国统一。化用司马迁"夫作者者必于东南"句。
③ 指2021年强台风"烟花"。
④ 松江区：国防大学政治学院在上海有松江教学区和杨浦教学区。

杨浦瞻仰宣言馆^①，一八四八真主义^②。
重温宣言百年事^③，镰刀锤头农奴戟。
宣言东渐狂飙落^④，人民军队毛主席。
红船红旗国际歌，且看百年大变局^⑤。

秋来不舍春去　｜　2021年8月7日
立秋有感

秋来不舍春去，叶落最恋春绿。
何惧北雪封山，雪后东红旭旭。

文也木也春与秋　｜　2021年8月8日
为《张文木战略文集》作

国事已陈可对天，文章不争自风流。

---

① 宣言馆："国防大学政治学院《共产党宣言》情境教学馆"的简称。该馆位于杨浦教学区，2021年6月在上海建成开馆。
② 1848年《共产党宣言》诞生，从此，无产阶级有了科学社会主义的理论和世界观。夏明翰说："砍头不要紧，只要主义真。"胡雅各主编：《中国革命史参考资料》，西北工业大学出版社1990年版，第145页。
③ 指笔者参观教学馆的同时，仿佛也经历了一场马克思主义理论传播发展的时空穿梭之旅。
④ "狂飙落"，借用毛泽东《蝶恋花·从汀州向长沙》："国际悲歌歌一曲，狂飙为我从天落。"吴正裕主编：《毛泽东诗词全编鉴赏》，中央文献出版社2003年版，第78页。
⑤ "当今世界正经历百年未有之大变局。"习近平：《在经济社会领域专家座谈会上的讲话》，《人民日报》2020年8月25日第2版。

潮起潮落石不动，文也木也春与秋。

问石狮 | 2021年8月8日

王谢[1]高堂已旧事，朱门不掩院冷落。
萌娃不解问石狮，狗事为何你来做？

河南龙象地 | 2021年8月22日
访河南博物院

人到河之南，河南在中原。
瞻仰豫中人，古今一瞬间。
殷墟甲骨文，河南博物院。
豫形人牵象，象乡是河南[2]。
大象繁衍地，如今不一般。
上古北湿润[3]，象聚河之南。
中古北燥热，象群往南迁。
离乡急匆匆，不避云南远。

---

① 指六朝望族王氏、谢氏，是显赫世家大族的代称。
② "河南省原来称为豫州，'豫'字就是一个人牵了大象的标志。"竺可桢：《中国近五千年来气候变迁的初步研究》，《竺可桢文集》，科学出版社1979年版，第478页。
③ 大约在距今8500年时中国进入全新世大暖期，这一暖期持续了近5500年。"从时间上看，夏商周是由全新世最后1000年及结束后的近千年构成，因而可看成是大暖期后一阶段亚稳定暖温期及其延续。"葛全胜等：《中国历朝气候变化》，科学出版社2011年版，第23页。

近闻象北上，一路舆情欢。

象吼如闷雷，象卧睡态憨。

问佛象欲往？谜底豫字间。

猜想回郑州？祭祖可拜天；

猜想去洛阳？白马①故事添。

少林英雄聚，龙门换新颜。

河南龙象②地，魂绕梦亦牵。

红旗猎猎梦东去　| 2021年8月26日

闻解放军在三大海域实弹演练有感

常忆月照江东③恋，西望日落河西④远。

风云帐下英雄多，鼓角灯前老泪添。

红旗猎猎梦东去，白云不动说台湾：

---

① 即白马寺，佛教传入中国后兴建的第一座官办寺院。《洛阳伽蓝记》所载，汉明帝遣使求法，"时白马负经而来"，后以为寺命名。参见郝建梁、班书阁编：《中国历史要籍介绍及选读》，高等教育出版社1957年版，第80页。

② 龙象：佛家语。水行龙为大，陆行象为首。故用龙象比喻法力无边的人或事。

③ 江东：一名江左。长江在芜湖、南京间作西南至东北流向，隋、唐以前，为南北往来主要渡口所在。习惯上称自此以下长江南岸地区为江东。江东之称始于汉初。三国时江东为孙吴根据地。

④ 划分河东河西的中线即黄河。黄河流经兰州，将甘肃省划分为东西两块，由此就产生了河东河西的称谓。

阿国天空难堪事[①]，不说英文和头衔[②]。

秋雨思 | 2021年9月4日

> 晨，窗外大雨，天将凉。梦中乱拉被。醒，
> 想到杜甫和他的《茅屋为秋风所破歌》……

秋雨梦念杜甫诗，雨急斜拍寒屋湿。
暑去天凉早添被，莫等老人冻醒时。

策马仗剑书生梦 | 2021年9月17日

> 赴西宁讲学，17日，前往海拔3000米高的
> 草原，想到张骞，诗言志。

策马仗剑东望远，青海云低雪山暗。
最念张骞通西域[③]，廉颇可饭思台湾。

---

① 阿国：阿富汗。2021年8月16日，流传的一段视频显示，一架美军C-17
运输机在喀布尔机场起飞后，有2个黑影从飞机上落下。阿富汗体育总局
于19日发表声明证实，年仅19岁的阿富汗足球运动员扎基·安瓦里（Zaki
Anwari），因试图攀上一架撤离喀布尔机场的美国军用飞机不幸坠落身亡。
② 不说英文和头衔：英文，双关语，一指英语，二指蔡英文及其未来多舛命运。
③ 司马迁《大宛列传》："乌孙使既见汉人众富厚，归报其国，其国乃益重
汉。其后岁余，骞所遣使通大夏之属者皆顾与其俱来，于是西北国始通于汉
矣。然张骞凿空，其后使往者皆称博望侯，以为质于外国，外国由此信之。"
〔汉〕司马迁著，韩兆琦评译：《史记精选》，浙江文艺出版社，2023年，
第302页。

深圳观海有感 | 2021年9月25日7：54

从云低雪暗的西宁转赴风和日丽的深圳看海，感受到了"雁去雁来空塞北，花开花落自江南"①的壮美，正是：

昨日塞外仗剑纵马，今夕南疆坐看浪花。
凭栏追忆少年踉跄，抬首红日尽染朝霞。

少年梦可追 | 2021年9月25日晨，深圳

浪卷千堆雪，潮涌寂寞回。
老听涛声沉，少年梦可追。

涛声不依旧 | 2021年9月26日

涛声不依旧，红日迎晚舟②。
蓝天喜凤飞，观海在高楼。

---

① 〔清〕吴伟业《赠辽左故人》："雁去雁来空塞北，花开花落自江南。可怜庾信多才思，关陇乡心已不堪。"
② 晚舟：孟晚舟，汉族，1972年出生于四川，毕业于华中理工大学，硕士。1993年加入华为。历任公司国际会计总监、华为香港公司首席财务官、账务管理部总裁。现任副董事长、轮值董事长、公司高管。2018年12月1日，加拿大应美国当局要求逮捕了孟晚舟。2021年9月24日，孟晚舟女士乘坐中国政府包机离开加拿大。9月25日，孟晚舟乘坐中国政府包机返回祖国。

今夜无眠 | 2021年9月27日

灯火近，山色远。
鸟已倦，茶香醉人，
谈甚欢。晚舟归①，心向北。
今夜无眠，明将飞。

万变都在形势中 | 2021年10月6日

大象素朴禅意浓，诗画烟雨见秋红。
地方天圆藏大道，万变都在形势中。

泪沾巾 | 2021年10月18日

人老常悔岁蹉跎，取经路艰磨难多。
天竺回家泪沾巾②，梦萦魂牵是中国。

天运当以日光明 | 2021年10月23日凌晨3：55

老来冷眼不看海，秋池荷花渐多情。
十月最爱日当午，午时户外阳气盈。

---

① 2021年9月25日，孟晚舟乘坐中国政府包机返回祖国。
② 2000年，笔者受国家公派赴印度尼赫鲁大学做访问学者，为期一年。

扶正抑邪天之道，邪不压正黄帝经。
阴阳平衡谓之寿，天运当以日光明①。

远闻鼓角无老泪 | 2021年11月4日下午
追念清收复台湾重臣姚启圣②

秋深荷残看斜阳，乌啼柳垂树影长。
远闻鼓角无老泪，树下枯枝画海疆。

大雪，开慧归来 | 2021年11月7日寅时
北京大雪有感

雪，还是大雪，

今年来得早，

这天是11月6日，

杨开慧的生日！

那年，

那天，

---

① "阳气者，若天与日，失其所，则折寿而不彰，故天运当以日光明，是故阳因而上，卫外者也。"《黄帝内经·素问·生气通天论》，陈晓主编：《中医古典理论精华》，中国协和医科大学出版社2004年版，第182页。
② 姚启圣（1624—1683），字熙止，号忧庵，浙江会稽（今浙江绍兴）人。明末清初政治家、军事家，收复台湾的决定性人物之一。姚启圣推荐施琅平台湾，完成统一大业；还提议台湾回归后"开海禁"，鼓励海峡两岸自由通商，加强了台湾与祖国大陆的联系。因辛劳过度，卒于官，时年六十。

可能也下了这么大的雪!

大雪来了

就是

开慧回来了,

大雪纷纷,诉说着

开慧的

洁白与

坚贞!

"斑竹一枝千滴泪,

红霞万朵百重衣"①,

11月14日,过完生日第八天,

开慧在识字岭

不屈就义,

鲜血化成了

浏阳门上空的

万朵红霞,

---

① 本句引用毛泽东《七律·答友人》。斑竹,红霞:传舜帝死后,其妃身披
云霞寻死湘江。〔晋〕张华《博物志》:舜死,二妃泪下,染竹成斑,妃死为
湘水神,故曰"湘妃竹"。万里、刘范弟辑校:《舜帝历史文献选编》,湖南
大学出版社2011年版,第449页。

润之说是"红霞万朵百重衣"！^①

那年，

开慧年仅29岁。

斑竹泪，

湘江水，

板仓情，

润之说：红霞就是开慧^②，

"江山如此多娇，

引无数英雄竞折腰"！

江未青，

天泛红！

润之说是"红装素裹"！

红装，那是红霞的外套；

素裹，那是红霞的衬衣。

如此多娇，

姗姗云锦，

---

① 杨开慧：字云锦，小名"霞姑"。1901年11月6日出生于湖南省长沙县板仓（现长沙县开慧镇）。1930年11月14日，她在浏阳门外识字岭就义，年仅29岁。这一天，距她29岁的生日，仅过8天。

② 1975年夏，毛泽东对北京大学中文系讲师芦荻说："《七律·答友人》'斑竹一枝千滴泪，红霞万朵百重衣'就是怀念杨开慧的，杨开慧就是霞姑嘛。可是现在，有的解释却不是这样，不符合我的思想。"费振刚、董学文主编：《毛泽东批注圈阅史传诗文集成》上，吉林人民出版社1997年版，第1028页。

引无数英雄竞折腰！
英雄折腰，
又见大雪，
红装素裹好儿女，
那是霞姑，
那是云锦，
那是开慧！

秋伤 ｜ 2021年11月7日

中央气象台发布暴雪黄色预警，说今天到明天中国北方有雪，局部大暴雪。晚雨夹雪起，簌簌拍窗。今年下雪大幅提前，顿生伤感，正是：

01

秋伤不独是布衣，入冬天地色无奇。
烂漫秋红雨褪尽，冬寒病多老人稀。

02

风雨潇潇故人来，落花簌簌仙鹤去。
西红秋深茫茫雪，东春旭旭自不语。

重庆谈判事不远 ｜ 2021年11月17日

读近几年《世界经济运行报告·国别经济》有感

2016—2019年，美国国防支出和投资增长从-0.6%飙升至5.6%。除与军工联系密切的"耐用消费品""固定资产投资""知识产权产品"等项增长率保持高位运行外其他都处于疲软不振状态。2016—2019年，美国国防支出和投资对经济增长的拉动从-0.02%升至0.2%，国内失业率从2010年的9.6%降至3.7%。[①]读来想到1946年重庆谈判前后的国内形势，令人唏嘘。

屠刀藏起施雾烟，战舰导弹出车间。
军品急需战火起，重庆谈判事不远。

西风秋红东春雪 ｜ 2021年11月20日

万家灯火万家月，西风秋红东春雪。
满城黄叶落纷纷，星寒灯暖花影斜。

---

① 国家统计局国际统计信息中心编：《世界经济运行报告》，中国统计出版社2019年版，第194、196、199页；2020年版，第218、220、223页；2021年版，第238、240、243页；2022年版，第230、232、235页。

抒怀二零二一年　｜ 2021年12月3日寅时

　　进入2021年12月，人就对这个年份有了特殊的感觉。想到1921年，又经2021年，感慨万千，夜不能寐，朝闻道，诗以抒怀。

二零二一年，国史关节点。
百年共产党，奋斗大局变。
天意高难问，大义道在肩。
旧礼崩溃急，华乐新元年。

庐山不读苏东坡　｜ 2021年12月12日寅时

　　北宋苏东坡有罗贯中笔下的诸葛亮的风范，郭沫若说苏轼是"游移于两端的无定见的浪漫文人"①。北宋文人禅心重，名节多于担当，文章多大而无当。②正是：

---

① 郭沫若：《李白与杜甫》，《郭沫若全集·历史编》第4卷，人民出版社1982年版，第4页。
② 宋代以文学见长的政治人物甚多（比如王安石、欧阳修、苏轼、苏洵、苏辙、曾巩等），而有政治建树的却极少。毛泽东读他们的政论文章，评价普遍不高。他在读马周给唐太宗的上疏时，想到宋人的策论，批注说："宋人万言书，如苏轼之流所为者，纸上空谈耳。"读欧阳修的《朋党论》，他批注说："似是而非。"读苏洵的《谏论》，批注说："空话连篇"，"皆书人欺人之谈"。对苏洵所著《六国论》中提出六国如果联合起来"并力向西"，就不会为秦国所灭的议论，毛泽东批注："此论未必然"，"凡势强力敌之联军，罕有成功者"。读曾巩的《唐论》，毛泽东批注说："此文什么也没有说。"转引自陈晋：《读毛泽东札记》，生活·读书·新知三联书店2009年版，第93页。

庐山不读苏东坡，偏爱于谦石灰颂[①]。
横看侧看北宋诗[②]，靖康土木事不同[③]。

喜鹊不喜并问天 ｜ 2021年12月14日申时
路见人家窗外喜鹊窝有感

人鹊咫尺，你说我唱。
我家柴门，你家高墙。
我伴寒风，你家暖房。
我家瑟瑟，你听音响。
你说爱鸟，我雏饥肠。
富贫两隔，细想心伤！

岁月如歌 ｜ 2021年12月15日
读西安某军校教员摄影并诗赞

岁月真是一把刀，尽留英气不显老。

---

① 指明朝于谦写的《石灰吟》，诗曰："千锤万凿出深山，烈火焚烧若等闲。
粉身碎骨浑不怕，要留清白在人间。"
② 指苏东坡《题西林壁》这首诗，笔者认为北宋文人禅化了，用现在的话说
就是很"佛系"，他们缺少明朝于谦在北京保卫战中表现出的历史担当。
③ 指北宋的"靖康之变"和明朝的"土木之变"两件相似却结局不同的历史事
件。北宋靖康元年冬（1126年），金军攻破东京（今河南开封）。次年（1127
年）四月，金军掳走徽、钦二帝，北宋灭亡。土木之变，指发生于明朝正统
十四年（1449年）第四次明英宗亲征时，明军在土木堡败于瓦剌军，英宗被
俘。土木之变后，瓦剌军进犯北京，由于于谦积极组织京师保卫战，明王朝避
免了覆灭的结局。

终南山风长安雪，红装素裹更妖娆。

岁月真是一把刀，削尽浮华留俊俏。
雁塔佛光鼓楼影，边海英雄看今朝。

岁月真是一把刀，使我青春永不老。
江山多娇人多情，大风①一曲传九霄。

雄鸡赞 ｜ 2021年12月20日
读《东方雄鸡》有感

广东佛山制作陶瓷的谭先生耗费数月专门为我烧制《东方雄鸡》，作品无雷同，无着色，采用原土烧出的本色，寓意笔者的战略理论本土原创的特点。我说过：思想是从土里长出来的。正是：

昂首挺胸方寸中，浑然色彩自生成。
暗夜沉沉破晓时，临风高歌东方红。

月照草木心无愧 ｜ 2021年12月21日冬至

绿沉大荒落日美，冰壮黄河百花摧。

———————————

① 指汉朝皇帝刘邦写的《大风歌》。

诗意朦胧醉徘徊，月照草木心无愧。

少年有志好问天，结发一诺老无悔。

耿耿长剑浮青云，萧萧落木与君随。

霞红澹晚烟 | 2021年12月22日

落日四野暗，余晖百花燃。

极目雁南去，霞红澹晚烟。

梦蝶 | 2021年12月24日

圆月明花一念虚，空山白日飘红雨。

落木萧萧星辰风，两岸猿声江东去。

近远远近庄周梦，昆仑莽莽走白驹。

人老酒老天不老，彩蝶双双舞桑榆。

坚定地站在历史正确的一边 | 2022年1月5日
凌晨4：22

读《拿破仑书信文件集》及其中拿破仑在圣
赫勒拿岛最后的陈述、遗嘱有感：

读史

是为了汲取血写的教训。

如果能穿越时间，我就会：

追随秦王政；

追随凯撒；

追随拿破仑；

追随马克思；

追随列宁和斯大林；

追随毛泽东。

在今天，

我追随新时代，并与她

风雨同舟！

人的才华不表现在学识渊博[1]，

而是

表现在正确的历史领悟力；

人的成功不表现为，

财富的"浮云"式拥有，

而是

表现为像袁隆平、张伯礼等

那样

坚定"站在历史正确的一边"[2]！

坚定站在历史正确的一边，就是：

---

[1] 1958年5月8日，毛泽东在中共八大二次会议上说："学问再多，方向不对，等于无用。"中共中央文献研究室编：《毛泽东年谱（1949—1976）》第3卷，中央文献出版社2013年版，第345页。

[2] 习近平：《在深圳经济特区建立40周年庆祝大会上的讲话》，《人民日报》2020年10月14日第2版。

坚定地站在人民一边!

选择了
正确的历史,
也就选择了
正确的人生!

为此,
不要惧怕敌人任何形式的"神圣同盟"①,
不惧!

凯撒知道卢比孔河②前的风险,
拿破仑知道圣赫勒拿岛③的孤寂,
毛泽东更知道遵义会后的如血残阳
……
但他们必须前进,不然,他就
不是凯撒,拿破仑,
不是毛泽东!

---

① 1815年维也纳会议后,俄、普、奥三国君主在巴黎结成的同盟。欧洲大多数君主国家加入,目的在维持维也纳会议上重新划定的边界和镇压各国革命。曾镇压意大利的革命运动,武装干涉西班牙革命,并企图干涉拉丁美洲的独立运动。1830年法国七月革命后瓦解。
② 公元前49年,凯撒破除将领不得带兵渡过卢比孔河的禁忌,带兵进军罗马,向格奈乌斯·庞培宣战并最终获胜。此后,"渡过卢比孔河"就成了一句成语,意即"破釜沉舟"。
③ 圣赫勒拿岛是拿破仑失败后被流放的地方。

今天，

我当然知道：

即将来临的"风高浪急甚至惊涛骇浪的重

大考验"①，

我更知道：

"一味退让只能换来得寸进尺的霸凌，

委曲求全只能招致更为屈辱的境况"②。

为了独立和尊严，

我们必须前进，

前进

不惜灰头土脸，

和

粉身碎骨，

不惜！

东恋海上烟 　|　2022年1月18日丑时

月起高枝悬，日落低云眠。

西听石下水，东恋海上烟。

---

① 《中国共产党第二十次全国代表大会文件汇编》，人民出版社1922年版，第22页。

② 《中共中央关于党的百年奋斗重大成就和历史经验的决议》，《中国共产党第十九届中央委员会第六次全体会议文件汇编》，人民出版社2021年版，第84页。

景山赏雪有感 ｜ 2022年1月22日

红墙白雪景山诗，地暖回起大寒时。
煤山老树①君王泪，故宫故事是政治。

读陈子昂 ｜ 2022年1月24日

喜欢陈子昂，大气上千年。
太极生天地②，天运幽居观。③
圣人不利己，忧济在元元。④
天地何悠悠，怆然泪潸潸。⑤

岁末 ｜ 2022年1月24日11：57

01

不舍每一天，岁末多伤感。
人老忆往事，最忆是少年。

---

① 1644年农历三月十九日，李自成进入北京内城。天亮前，崇祯在司礼监太监王承恩的陪同下登上了煤山，在歪脖子老刺槐上自缢，上演了"君王死社稷"的悲壮一幕。
② 〔唐〕陈子昂《感遇诗三十八首·一》："太极生天地，三元更废兴。"
③ 〔唐〕陈子昂《感遇诗三十八首·十七》："幽居观天运，悠悠念群生。终古代兴没，豪圣莫能争。"
④ 〔唐〕陈子昂《感遇诗三十八首·十九》："圣人不利己，忧济在元元。"
⑤ 〔唐〕陈子昂《登幽州台歌》："前不见古人，后不见来者。念天地之悠悠，独怆然而涕下。"

02

天地何悠悠，生逢毛泽东。
时代何伟哉，不负韶山冲。

03

问佛可宽延，再借两百年①。
我族时艰过，乘鹤去巡天②。

梦红日 ｜ 2022年2月8日

夜半有酒夜半诗，夜半问月语半迟。
身心离分古意飘，凌晨入梦是红日。

初九好问天 ｜ 2022年2月9日③

初九窥矩规④，破晓童心回。

---

① 毛泽东："自信人生二百年，会当水击三千里。"吴正裕主编：《毛泽东
诗词全编鉴赏》，中央文献出版社2003年版，第18页。
② 毛泽东："坐地日行八万里，巡天遥看一千河。"吴正裕主编：《毛泽东
诗词全编鉴赏》，中央文献出版社2003年版，第264页。
③ 2022年2月9日为农历正月初九。
④ 矩规：校正方圆的工具。古有"矩周规值"之说，周，密合；值，相当。
指相合无差，像规矩之合于方圆。矩为方，规为圆，故曰"地方天圆"。此指
天地变化规律。

赤子观阴阳①，留意盈与亏。

寒大逼阳气，否极泰相随。

矩规合方圆，天道不可违。

东方出五星 ｜ 2022年2月11日

山雾送晚钟，云深动鹤影。

东海千帆驰，三军执天命。

天命是统一，三五②有废兴。

红旗两岸走，东方出五星③。

兵老事可陈 ｜ 2022年2月13日

为新疆兵团同志歌

春来王者仁④，新柳戍边人。

---

① "老子理想中之人格，常以婴儿比之；盖婴儿知识欲望皆极简单，合乎'去甚，去奢，去泰'之意也。故曰：'合德之厚，比于赤子。'（《老子·五十五章》）圣人治天下，亦欲使天下人皆如婴儿，故曰：'圣人在天下歙歙焉，为天下浑其心，圣人皆孩之。'（《老子·四十九章》）"冯友兰：《中国哲学小史》，新世界出版社2021年版，第43页。

② 三五：三，日、月、星三辰；五，金、木、水、火、土五行。此指天数和自然规律。陈子昂《感遇三十八首·其一》："太极生天地，三元更废兴。至精谅斯在，三五谁能征。"

③ 1995年10月，中日尼雅遗址学术考察队成员在新疆和田地区民丰县尼雅遗址一处古墓中发现写有"五星出东方利中国"的汉代织锦护臂，为国家一级文物，被誉为20世纪中国考古学最伟大的发现之一。

④ 中国古有春不杀生的传统。《黄帝内经·四气调神大论》："春三月，此谓发陈，天地俱生，万物以荣，夜卧早起，广步于庭，被发缓形，以使志生，生而勿杀，予而勿夺，赏而勿罚，此春气之应，养生之道也。"

天高笛声远，兵老事可陈^①。

梦忆施琅　│　2022年2月23日

夜半醒来西天变^②，梦忆施琅收台湾。
同胞早回祖国好，莫忘康熙刘国轩^③。

红伞印象　│　2022年3月5日

徐徐清月动影长，袅袅茶香梦凤凰。
凤凰高飞九万里，红伞飘然落花乡。

---

① 20世纪50年代新疆军区副政委、农垦部副部长张仲瀚将军写有长篇史诗
《老兵歌》。全诗宏伟壮悲，感天动地。
② 2022年2月22日，俄罗斯总统普京签署了关于批准俄罗斯分别与"顿涅茨克
人民共和国"和"卢甘斯克人民共和国"之间友好合作互助条约的联邦法律。
③ 刘国轩（1629—约1693），字观光，1654年投奔郑成功反清，1661年随
郑成功收复台湾。1683年在澎湖海战担任台军统帅，抗拒代表清朝廷的施琅
大军，失败。后于同年八月，刘国轩说服郑克塽即令修表归顺清朝。仕清之后
的刘国轩在天津任上进行建设，政绩卓著。刘国轩在天津病逝后，康熙帝追赠
他为光禄大夫、太子少保。

梦花莲 | 2022年3月11日

夜无眠，想到陆游，正是：

醉梦茅台映红颜，真话真理为执念①。
常思雁塔玄奘事，龙象不出悟空圈②。
大事当为大大事③，大事目下是台湾。
不看陆游家祭诗④，乃翁垂钓梦花莲。

告知酒断在大典 | 2022年3月13日

诗罢有酒梦天仙，忽闻国歌响花莲。
凤凰高飞茅台镇，告知酒断在大典。

---

① "我们新闻工作者的能力不仅在讲'实事'，更应讲'求是'。'实事'和'求是'，两个工作都得做。事情的对错只有在大局中才能被认识。国家决策有对有错，但是国家像苏联那样没有了，或者国家分裂了，还有对错吗？如果大局没有了，中华民族伟大复兴就会行百里者半九十，再回到100多年前受人家欺负，这个是事物的本质。某些西方国家要的就是这个，而不是他们挑起的什么'是非'。所以我们所有工作，尤其是我们的新闻工作都要服从中华民族伟大复兴这个大局。"张文木：《既要讲真话，更要讲真埋》，载于《北京日报》2021年11月15日15版。
② 龙象，佛家语。水行中龙为大，陆行象为首。故用龙象喻佛力无限。悟空圈，指《西游记》中孙悟空为保护师父玄奘画出的安全圈。这里指国家或个人的力量是有限的，战略目标只有在资源可支撑的半径即"圈内"才是有力的。
③ 大事、大大事：国之大者。
④〔宋〕陆游《示儿》："死去元知万事空，但悲不见九州同。王师北定中原日，家祭无忘告乃翁。"

早春有感 | 2022年3月16日

树头新绿望天舒，不恋成荫春早熟。
新年最是三月好，连天草色近却无。
韩愈诗念是新柳，男儿常想东海出。
赤橙黄绿黑与白，沧桑人事赢与输。①

阳春白雪琴声急 | 2022年3月19日晨

　　昨天阳春飘白雪，今晨又见红装素裹，想到
1949年挥师过江的毛泽东和目前加速到来的历
史大变局。正是：

阳春三月飘白雪，红日冉冉衔素月。
风高浪急过海事，霸王沽名不可学。

天演有规律 | 2022年3月22日

01

一生为国家，只盼娃娃好。

---

① 黑与白，即死与生。整句意思是花花绿绿五彩斑斓，最后都要归于生死黑白，人事归于输赢两道。诗意出自毛泽东："阶级斗争，一些阶级胜利了，一些阶级消灭了。这就是历史，这就是几千年的文明史。"毛泽东：《丢掉幻想，准备斗争》（1949年8月14日），《毛泽东选集》第4卷，人民出版社1991年版，第1487页。

今见和平去，夜深心煎熬。

02

人说烽火远，我闻狼烟近。
那堪难民里，扑扑宝宝亲。

03

和平人向往，要义有中央。
患字两中心①，两立我族殇。

04

人事须正道，天演有规律。
族殇两岸分，正者止于一②。

05

规律是反诸③，方圆在九五④。

---

① 一个中心为"忠"，两个中心则为"患"。董仲舒："心止于一中者，谓
之忠；持二中者，谓之患。患，人之中不一者也。"苏舆撰，钟哲校：《春秋
繁露义证》，中华书局1992年版，第346页。
② 正，止于一者也。〔汉〕许慎《说文解字》："是也。从止，一以止。"
徐锴注："守一以止也。"
③ 老子："反者道之动。"（《老子·四十章》）诸，之于。代词兼介词。意
思是规律是反力推动的。"物之极也必反，德之极也亦必反诸。"傅庚生编，
傅光续编：《国学指要》，生活·读书·新知三联书店2019年版，第15页。
④ 古人将九和五列为至尊数字，言"九五至尊"。九是极高的概念，而五是
极广的概念。两者合在一起就是一个宇宙空间的极限。

天圆九极高①，地方五②中枢。

06

东西南北中，中心在大陆。

一三五七九，功成在奇数③。

夜读孟浩然不以为然 | 2022年3月24日凌晨

夜读全唐诗，不喜孟浩然。

内心慕青云④，表面佛与禅。

佛系不担当，禅心可释然。

地阔春山月，天低秋树远。

渔阳鼓⑤沉闷，玄宗琴音颤。

---

① "古先哲认为：天高不过九重、地厚不过九层、国大不过九州、法繁不过九畴、数大不过九位。"刘联群编著：《陈抟传奇》，四川人民出版社2003年版，第295页。

② "殷人的五行体系是以五方观念为基础的；而五方观念之得以形成，又有以我为中心的事实和自觉为前提。"庞朴：《阴阳五行探源》，《中国社会科学》1984年第3期。

③ 奇数：与偶数相对，是一个哲学的概念。事物存在需要平衡，但平衡的常态表现是相对的即不对称的存在。不对称就是多数对少数，主要矛盾对次要矛盾，中心对外围。能够构成其奇数的因素反映了事物主要矛盾或主要矛盾的主要方面。在诗中就是党中央和人民的意思。〔宋〕王禹偁《大阅赋》："出游兵以定两端，握奇数而制四面。"莫道才主编：《骈文观止》，文化艺术出版社1997年版，第432页。

④ 孟浩然《送友人之京》："君登青云去，余望青山归。云山从此别，泪湿薜萝衣。"其羡慕友人进京做官的心情，跃然纸上。青云，仕途。

⑤ 出自〔唐〕白居易："渔阳鼙鼓动地来，惊破霓裳羽衣曲。"渔阳，今天津蓟州一带。755年安禄山于此地反唐。安禄山在起兵前，身兼平卢、范阳和河东三镇的节度使，拥有唐朝边防重兵。

诗人驾鹤去，天变安禄山^①。

思颜回 | 2022年3月24日凌晨4: 58

今天去山东，拂晓不能寐。
最思孔夫子，长梦颜回^②随。
小名曰望回^③，父托儿无悔。
普京斯大林，如是男儿醉！^④

男人普京 | 2022年3月29日

01

老酒是回忆
想起岳父——岳父参加过抗美援朝，
我与他第一次喝的就是
绍兴老酒！
白酒是现实，
想到普京——为自卫，普京在家门口叫板
整个西方撒旦

---

① 孟浩然逝于公元740年，15年后，安禄山反唐。
② 颜回（前521—前490），名回，字子渊，春秋末鲁国人，居陋巷（今山东省曲阜市旧城内有陋巷，颜庙所在之地）。世人尊称其复圣颜子。孔门七十二贤之首。
③ 笔者小名"望回"。望，比也；回，颜回也。
④ 笔者认为，普京与斯大林一样，真男子也，人若能如此活一回也就值了。

——当年我们在朝鲜战场也是这样，告诉
世界：
他们是
纸老虎！

02

男人活着，在今天，
他是普京！
普京走过的是
沙场，穿过的是
狼烟。
他的西方对手走的则是
屏幕和舞台，看到的
除了屏幕，
还是屏幕。

03

人活得长短，
并不重要；
重要的是，
你是谁：
是英雄，还是
小丑。

人个子高低
并不重要；
重要的是，
是主人，还是
奴仆。
拿破仑说：
不要与我比高低，
要在战场，我会将这个差别
用剑削平①！

海权权重 | 2022年3月30日

岁月不辞老，常忆是少年。
老读家祭诗②，不忘是花莲。
花莲港最深，重器若龙潜。
中国海权事，权重在台湾。

---

① "拿破仑转身又走到奥热罗将军面前，脱下帽子，笑着对奥热罗道：'将军，看上去您是不是比我高出一头？'拿破仑突然笑意一收，严厉地说，'如果在战斗中您也因此而感到我矮您一头，那么我会砍掉您的脑袋，立刻消除这个差别！'"宋姝编著：《拿破仑·波拿巴》，哈尔滨出版社2019年版，第65页。
② 〔宋〕陆游《示儿》："王师北定中原日，家祭无忘告乃翁。"

唯物辩证好 ｜ 2022年4月6日

鸡汤①不顶饥，抖音②梦幻长。

多读千年史，心胸宽又广。

光明出黑暗，清纯从血趟。

唯物辩证好，人生不彷徨。

好诗诗言志 ｜ 2022年4月13日

> 陶潜说自己："好读书，不求甚解；每有会意，便欣然忘食。"不求甚解，即不抠细节，只取其高境。后两句说的也是同一个意思。这也是我读书的方法。

少读全唐诗，不究字与词。

陶令③不甚解，会意即忘食④。

会意击节咏，高境与大志。

庸词词空美，好诗诗言志⑤。

---

① 鸡汤：心灵鸡汤，也有人称之为"心质美文健康疗法"，是一种用以安慰人的"充满知识与感情的话语"。参见李良松：《中医心质学教程》，中国医药出版社2018年版，第79页。

② 抖音：一款音乐创意短视频社交软件。

③ 陶令：陶渊明。因曾任彭泽令,故称。

④ 〔晋〕陶渊明《五柳先生传》："好读书，不求甚解；每有会意，便欣然忘食。"

⑤ 《说文解字》：诗，志也。《尚书·舜典》："诗言志，歌永言，声依永，律和声。"

国运接地天 | 2022年4月22日

> 西汉司马迁曰："夫作事者必于东南，收功
> 实者常于西北。"

01

遥望西北星，情回鄂豫皖。
仰天问国运，俯地观波澜①。
忽忆太史公，不爽是箴言：
功成在西北，作事在东南。

02

当年工农苦，革命兴东南。
人民揭竿起，镰刀斧头闪。
血染湘江水，飞渡铁索寒。

03

风雪西北路，红军进延安。
灯火杨家岭，国运连枣园。
东南事初始，西北实功添。
开国天安门，势起在朝鲜。

---

① 《孟子·尽心上》："观水有术，必观其澜。"

04

一九九二年，邓公临南天。
东南地势坤，深圳画个圈。
改革推全国，开放大势翻。
东南黄金地，西北天行健。
窑洞梁家河，国运接地天。

05

今入新时代，开篇又东南。
浙江共富事，感召在台湾。
祖国统一日，水拍云崖暖。
花莲花如海，东海海如烟。
功成回韩城①，酒祭司马迁。

偶感 | 2022年5月4日

吾爱夜半有酒时，微醉欲睡读唐诗。
喜梦盛唐雁塔美，痛哭北宋说普世。

---

① 司马迁祠位于陕西省韩城市。

立夏偶感 ｜ 2022年5月5日

五月春去夏来早，青翠尽掩鸟欢闹。
鸟鸣哪知秋萧瑟，花泪铜雀祭二乔。①

而今亡秦胡说人 ｜ 2022年5月6日
读网文有感

古来国盛在兵阵，年年亡秦胡说人。②
鼠首两端风箱短，终是耗材入黄尘。

成都不忘是文殊 ｜ 2022年5月23日凌晨4：40

夜半也有动情时，动情不忍听《成都》③。
成都故事小酒馆，不忘小街有文殊④。
文殊最美是清晨，卧龟最识是文木。

---

① 二乔：大乔、小乔，分别是东吴孙策、周瑜的妻子。〔西晋〕陈寿《三国志·周瑜传》："乔公两女，皆国色也。策自纳大乔，瑜纳小乔。"罗贯中在《三国演义》第四十四回中说曹操虎视江南，誓曰："一愿扫平四海，以成帝业；一愿得江东二乔，置之铜雀台，以乐晚年，虽死无恨矣！"
② "亡秦者胡也。"许嘉璐主编：《二十四史全译·史记》第1册，汉语大词典出版社2004年版，第80页。
③《成都》是一首民谣。
④ 文殊：成都文殊院，又名"空林堂"，位于四川省成都市青羊区文殊院街66号，占地面积20余万平方米，始建于隋大业年间（605—617年），初名信相，明末毁于战火，康熙三十六年（1697年）集资重建庙宇，改称文殊院。

竹林清酒白鹤起，斜阳旧墟观纸虎①。

水墨江山 | 2022年5月25日

水墨画烟雨，浓淡总相宜。
风摇客孤远，云遮江山丽。

奋斗新时代 | 2022年5月31日
读孟浩然：《岁暮海上作》有感

　　孔子尝言："道不行，乘桴②浮于海。"言道于中国不行，欲乘桴筏渡海居九夷。唐人孟浩然《岁暮海上作》开篇就是"仲尼既已没，余亦浮于海"，今读此诗，不以为然，大道之行，路在脚下。正是：

仲尼既已没③，君子不浮海④。

---

① 观纸虎：看美国纸老虎的衰落。
② 桴：小竹筏或小木筏。
③ 唐人孟浩然《岁暮海上作》开篇有："仲尼既已没，余亦浮于海。"
④ 《论语·公冶长》："道不行，乘桴浮于海。"邢昺疏：言道于中国不行，欲乘桴筏渡海居九夷。

斗柄①回转急，岁星②已更改。

欧洲虎啸③起，东亚龙步泰。

时来皆同力，统一形势快。

上问可饭人，回答廉颇④在。

睥睨沧州⑤事，奋斗新时代。

动车西行有感 ┃ 2022年7月20日

苍茫云海遮望眼，西出秋红渐淡远。

阳关玉笛音回响，红日白雪见天山。

---

① 斗柄：星名。北斗七星中，第五至七颗星，排列成弧状，形如酒斗之柄，故称为"斗柄"，常年运转，古人即根据斗柄指向，来定时间和季节。《鹖冠子·环流》："斗柄东指，天下皆春；斗柄南指，天下皆夏；斗柄西指，天下皆秋；斗柄北指，天下皆冬。"张家国：《神秘的占候》，广西人民出版社2013年版，第172页。

② 岁星：木星。古人认识到木星约十二年运行一周天，其轨道与黄道相近，因将周天分为十二分，称十二次。木星每年行经一次，即以其所在星次来纪年，故称岁星。"察日、月之行以揆岁星顺逆。"许嘉璐主编：《二十四史全译·史记》第1册，汉语大词典出版社2004年版，第447页。

③ 2022年2月22日，普京宣布承认"顿涅茨克人民共和国"和"卢甘斯克人民共和国"独立，并签署俄罗斯与"顿涅茨克人民共和国"和"卢甘斯克人民共和国"的友好合作互助条约。此举被视为俄罗斯2014年合并克里米亚后，在乌克兰问题上采取的最强硬的行动。

④ 《史记》卷八十一《廉颇蔺相如列传》："廉颇居梁久之，魏不能信用。赵以数困于秦兵，赵王思复得廉颇，廉颇亦思复用于赵。赵王使使者视廉颇尚可用否。廉颇之仇郭开多与使者金，令毁之。赵使者既见廉颇，廉颇为之一饭斗米，肉十斤，被甲上马，以示尚可用。"许嘉璐主编：《二十四史全译·史记》第2册，汉语大词典出版社2004年版，第1064页。

⑤ 沧州，滨水之地，古时常指隐士之居所。〔宋〕陆游《诉衷情》："此生谁料，心在天山，身老沧州。"

贞观盛世千佛同 ｜ 2022年7月28日

游洛阳龙门石窟

天竺长安白马声，玄奘往返觅正宗。

大雁塔藏经万卷，贞观盛世千佛同。[①]

常梦台湾展国旗 ｜ 2022年8月16日，于杭州

落日烁金天寂寂，时来运去藏事理。

遥望西湖风月远，常梦台湾展国旗。

唯念两岸国旗红 ｜ 2022年8月28日

少年气豪情纵横，浮生百磨中国梦。

六十五载事如烟，人老常念旧友朋。

---

① 〔唐〕杜牧《江南春绝句》："南朝四百八十寺，多少楼台烟雨中。"南北朝至唐，佛教在国家政治生活中仍有重大的影响。在这方面，唐初唐太宗不能忽视佛教对其政权的影响，他需要利用佛教为国家统一服务。贞观十三年（639年）唐太宗颁布《佛遗教经施行敕》，俨然以佛教护法王自居。但当时对佛教管控的还不表现为权力的分配，而是表现为对佛教教义解释权的掌握，而这又是仅靠皇权的权威是解决不了的，它需要的是对佛教经文的原始文献的占有及由此形成的对其解释权的专有。而从印度归来的玄奘恰逢这样的历史时刻。贞观十九年（645年）玄奘西行回长安，受到太宗的隆重欢迎。玄奘以高度的历史自觉和政治自觉将所带回的梵文典籍及其译文完整无保留地交给了国家，这意味着唐王朝在历史上首次有了佛经的统一解释权，这构成了"贞观盛世"意识形态的基础。"千佛同"，并非千佛一面，而是说朝廷在佛界有了统一的话语权。

《成都》老歌旋律美，可可托海细雨声①。
花甲虚名随风去，唯念两岸国旗红。

文章不与字句争 ｜ 2022年10月16日
读好文件有感

君王未了千钧事，文章不与字句争。
波澜不起是惊雷，于无声处过险峰。

欧洲冬季多大事 ｜ 2022年10月24日凌晨4：31
读俄乌冲突新闻有感

欧人春梦花如海，梦醒都在大雪时。
一八一二拿破仑，一九四五德意志。
三月欧人心向东②，十月受挫俄罗斯。
十月革命话不远，欧洲冬季多大事。

踏秋 ｜ 2022年10月30日

无边落木萧萧下③，不忍老泪少年来。
春华秋树曾几时，落叶秋风满地栽。

---

① 《可可托海的牧羊人》歌词首句："那夜的雨也没能留住你，山谷的风它陪着我哭泣。"
② 指2022年2月俄乌冲突，欧洲人轻看俄罗斯，怂恿乌克兰。
③ 〔唐〕杜甫《登高》："无边落木萧萧下，不尽长江滚滚来。"

少年万里谁能驯①，老来方知屋檐矮。
屋矮不屈少年心，方寸问学黑与白②。

延安文风好 ︱ 2022年11月1日

01

传世大文章，雪词③炕桌上。
常想杨家岭，小米加步枪。

02

好文切时弊，没有大排场。
延安文风好，溯源在湘江。

03

生死瞬间事，虚名不帮忙。
死里能逃生，全凭好思想。

04

遵义毛润之，延安党中央。

---

① 〔唐〕杜甫《奉赠韦左丞丈二十二韵》："白鸥没浩荡，万里谁能驯？"
② 黑与白：围棋，喻战略研究。黑白亦指生死。
③ 雪词：毛泽东1936年2月在陕北清涧县袁家沟农民白玉才家炕桌上写的
《沁园春·雪》。参见中共中央文献研究室编：《毛泽东年谱（1893—
1949）》上卷，中央文献出版社2013年版，第508页。

讲话^①及时雨，思想大扫荡。

05

延安整风后，写作有立场。
立场是人民，文章为救亡。

06

今回杨家岭，革命在路上。
仰望宝塔山，再聚新力量。

开慧念 ｜ 2022年11月14日

　　11月14日是杨开慧烈士牺牲92周年纪念
日。1930年10月，杨开慧在长沙板仓不幸被
捕，当年11月14日，29岁的杨开慧英勇就义。
开慧忌日悼开慧：

湘江呜咽祭开慧，横塘^②长映云锦^③影。
英雄折腰开慧贞，开慧情动民族醒。

---

① 指毛泽东作的《在延安文艺座谈会上的讲话》。
② 横塘：清水塘。毛泽东《贺新郎·别友》："今朝霜重东门路，照横塘半
天残月，凄清如许。"清水塘现在长沙市八一路538号长沙市博物馆馆内。原
是几间简朴的农舍，因门前有两口池塘，池水清澈而得名。1921年冬至1923
年4月，毛泽东和杨开慧曾居住于此。1922年5月前后，此处亦设中共湘区执
行委员会区委机关。
③ 云锦：杨开慧字云锦。

感谢润之安排好，梁家河育人民情。

形势赢点在两岸，统一障碍近于平。

有感于历史辩证法 ｜ 2022年12月17日

历史表明：只要是不合实际的就干不下去，神仙也不行。①正是：

事出反常必有妖，事到极端就是天。

过了湘江是遵义，过了草地见延安。

岁末感怀 ｜ 2023年1月21日

新华社南京2023年1月20日电，天文科普专家介绍，农历正月初二到十五期间，每天黄昏时的天空会出现木星、金星、土星、火星和月亮"同框"的"五星并见"天象。感动之余，赋诗赞曰：

岁末爆竹稀，人老心铿锵。

霜鬓②恨苦短，钟声犹觉长。

天高西风烈，地阔大弓响。

---

① "不合历史要求的东西，一定垮掉，人为地维持不垮是不可能的。合乎历史要求的东西，一定垮不了，人为地解散也是办不到的。这是历史唯物主义的大道理。"中共中央文献研究室编：《毛泽东年谱（1949—1976）》第4卷，中央文献出版社2013年版，第124页。

② 〔唐〕杜甫《登高》："艰难苦恨繁霜鬓，潦倒新停浊酒杯。"

激流须勇进，东海射苍狼。①

斗柄旋转急，正道是沧桑。

春暖花开早，五星聚东方。②

日月参商③不可违 ｜ 2023年1月24日年初三
太阳、月亮与人生

日月如参商，相随不相见。

月衬太阳美，日照月灿灿。

出没有阴阳，万古昼夜衔。

悲夫月不甘，折东欲逆天。

与日争辉煌，地旋天不转。

月行乱时序，蹭蹬太阳前。

高阳光万丈，明月光不显。

月变黑陨石，嫦娥化涅槃。

月悔意深沉，龙象不守限。

---

① "大弓响""射苍狼"两句，借用苏轼《江城子·密州出猎》："会挽雕弓如满月，西北望，射天狼。"

② 《史记》卷二十七《天宫书》："五星分大之中，积于东方，中国利；积于西方，外国用兵者利。五星皆从辰星而聚于一舍，其所舍之国可以法致天下。"新华社南京2023年1月20日电，天文科普专家介绍，农历正月初二到十五期间，每天黄昏时的天空会出现木星、金星、土星、火星和月亮"同框"的"五星并见"天象。《正月初二至十五可赏"五星并见"》，http://www.news.cn/politics/2023-01/20/c_1129302765.htm。

③ 参商：参星和商星。参星在西，商星在东，此出彼没，永不相见。〔唐〕高适《宋中十首·之十》："人皆有兄弟，尔独为参商。"

扼腕文人路，政文日月间。

稍有人前美，跃跃欲出圈[①]。

前有屈原屈，后有杜甫案[②]。

应共冤魂语，汨罗泪涟涟[③]。

汾酒颂 | 2023年2月9日

丈夫躬行不论空，犹爱酒后颜色红。

汾酒记忆山西事，秦晋自古出英雄：

陕西商洛李自成，大漠沙陀李克用[④]。

鼓角灯下三垂冈，连城可学毛泽东[⑤]。

地起东南好做事，天倾西北[⑥]两岸通。

---

① 出圈：悟空为保护师父为玄奘画的安全圈。圈内唐僧是师父，出圈就是唐僧肉。

② 安史之乱爆发，杜甫被囚禁在长安长达九个月。至德二年（757年）四月，杜甫曾冒死逃出长安到凤翔（今陕西宝鸡）投奔肃宗，并被肃宗授为左拾遗，但不久就因营救房琯，触怒肃宗。杜甫与房琯是布衣之交，被认为是房琯的同党。唐肃宗命令刑部、御史台、大理寺一起审讯杜甫。幸有宰相张镐出面营救，还有御史大夫韦陟为他辩解，杜甫得免杀身之祸。

③ 应和杜甫《天末怀李白》最后四句"文章憎命达，魑魅喜人过。应共冤魂语，投诗赠汨罗"的感慨。

④ 李克用（856—908），唐末沙陀部人。其父朱邪赤心助唐镇压庞勋起义，赐名李国昌。克用曾带领沙陀兵镇压黄巢起义军。被任命为河东节度使，割据一方，后封晋王。与朱温长期交战。死后，其子存勖建立后唐，追尊太祖。

⑤ 1962年12月22日和1964年12月29日，毛泽东两次手录清人严遂成《三垂冈》一诗。参见中共中央文献研究室编：《毛泽东年谱（1949—1976）》第5卷，中央文献出版社2013年版，第177、459页。

⑥ "天柱折，地维绝。天倾西北，故日月星辰移焉；地不满东南，故水潦尘埃归焉。"张双棣撰：《淮南子校释》，北京大学出版社1997年版，第245页。

东海事由昆仑①定，昆仑天选新大同②。

老柴新火 ｜ 2023年2月12日

少年逆风追新天，壮怀拍栏思稼轩③。
更待两岸统一日，老柴不辞新火添④。

国运来 ｜ 2023年2月18日下午

　　　　阳台观云，白云翻卷状如佛手，心生感动。
赋诗赞曰：

白云翻卷佛手开，欲接龙象赴东海。
风高浪急等闲事，五星聚齐国运来。⑤

---

① 昆仑：中国。
② 新大同：人类文明新形态。
③ 辛弃疾（1140—1207），字幼安，号稼轩。辛弃疾《水龙吟·登建康赏心亭》："楚天千里清秋，水随天去秋无际。遥岑远目，献愁供恨，玉簪螺髻。落日楼头，断鸿声里，江南游子。把吴钩看了，栏杆拍遍，无人会、登临意。"
④ 老柴不辞新火添：廉颇老矣，唯国之大者。
⑤ 新华社南京2023年1月20日电，天文科普专家介绍，2023年农历正月初二到十五期间，每天黄昏时的天空会出现木星、金星、土星、火星和月亮"同框"的"五星并见"天象。"五星分天之中，积于东方，中国利；积于西方，外国用兵者利。五星皆从辰星而聚于一舍，其所舍之国可以法致天下。"许嘉璐主编：《二十四史全译·史记》第1册，汉语大词典出版社2004年版，第456页。

宝剑 ｜ 2023年3月11日，洛阳

宝剑本是思想事[1]，相赠难忍老泪湿。
少年梦飞持剑日，龙门蚂蚁有故事[2]。

问天说命日国家 ｜ 2023年3月27日

李白斟酒千杯少，只缘诗高官太小。
我醉千杯不愿醒，只念国家人民好！
叩谢父母生此身，国之大者命相报。
国事已陈可对天，泪等伏虎天破晓。

大榕树礼赞 ｜ 2023年5月12日

玉龙青蛇千年情，被逐人间化树精。
骨裂筋连情不断，骨骸铮铮榕树影。
藤蔓丝丝绕树枝，树枝依依亲细藤。
树藤根茎苦相依，互拉互扶度夏冬。
藤枝偎着树身转，昂首挺胸抗暴风。

---

[1] 语出拿破仑："世界上有两种力量，一为剑，一为思想，而思想比剑更强大。"转引自聂还贵：《写在人生的插页》，北岳文艺出版社2021年版，第112页。
[2] 1983年6月大学毕业前，笔者在洛阳龙门实习，一次观察蚂蚁搬运，来回的艰辛让我想到了自己毕业后的人生，感而慨之。

天寒情暖枝叶茂，树下尽是欢乐声。

似婴儿 ｜ 2023年5月22日
午睡醒来偶感

地高风寒花如诗，花开心在花落时①。
春秋几回童颜去，雄心万丈似婴儿②。

读图 ｜ 2023年6月1日

远山轻雾入眼帘，灰瓦青灯雨绵绵。
少年读史狼烟恨，老来忽见桃花源。

云梦遇杜甫并对话 ｜ 2023年6月27日
乘机往西安云中畅想

乘云西望忆旧年，忽遇诗圣把酒欢。
杜甫泪诉凤翔事，痛悔弃家离长安。

---

① 意指做事不能只注重成功，更要注重成功后带来的负面因素，也就是导致成功转为失败的边界。历史上因赢而输的事远远多于因输而输的事。用老子的话说就是："常无，欲以观其妙，常有，欲以观其徼。"妙，即矛盾的辩证存在和发展；徼，则是规定矛盾的边界。矛盾是无限存在和发展，但具体矛盾则是有边界规定和不断转化的。
② 《老子·二十八章》："知其雄，守其雌，为天下谿。为天下谿，常德不离，复归于婴儿。"

少年诗多惊天句[1]，老悔说话没深浅。
自愧不如唐玄奘[2]，忠告政治是时间。

江南忆 | 2023年7月2日

雨来禅音远，屋空灯火近。
街老江南忆，最忆落花新。

观舞有感 | 2023年7月5日

七月红舞天地旋，情深不舍送人远。
黄河军情东去急，含羞低首红晕添。

---

[1] 〔唐〕杜甫《江上值水如海势聊短述》："为人性僻耽佳句，语不惊人死不休。老去诗篇浑漫兴，春来花鸟莫深愁。新添水槛供垂钓，故著浮槎替入舟。焉得思如陶谢手，令渠述作与同游。"
[2] 杜甫在诗中盛赞陶渊明和谢灵运，称"焉得思如陶谢手，令渠述作与同游"。其实最值得杜甫学习的是唐初太宗时的玄奘（602或600—664）。据《大慈恩三藏法师传》记载，唐贞观十九年（645年）玄奘西行回长安，受到太宗的隆重欢迎。太宗敏锐地抓住了玄奘取经的政治意义，在接纳玄奘取回经文的同时，也于公元645年、648年邀请玄奘入仕从政，但被玄奘谢绝。太宗感动。玄奘向太宗表示自己的译经是"实资朝化"。最值得肯定的是玄奘反复请求太宗为他的译经写序并求太宗在他工作期间"望得守门，以防诸过"，也就是说，请太宗派人将译经之地守护起来，这意味着玄奘以高度的历史自觉和政治自觉将佛经的解释权完整无保留地交给了国家，为此，"帝大悦，曰：'师此意可谓保身之言也，当为处分。'"高宗永徽三年（652年），朝廷在慈恩寺西院建大雁塔。玄奘的事迹是感人的，其政治意义更是巨大而深远的。大雁塔可以说就是唐朝佛学的"中央编译局"，它的建立使唐王朝抓住了对当时意识形态有巨大影响的佛经解释权，这对唐朝意识形态的统一，进而对国家政治安全和稳定，有着巨大的意义。参见高永旺译注：《大慈恩三藏法师传》，中华书局2018年版，第364、354、349页。

留待后生染红日 | 2023年7月12日

东莞党校青年班授课有感

半生浮云半生诗，五岳作砚天作纸。

挥洒人间风雨色，留待后生染红日。

湘江观感 | 2023年7月16日

风吹白日远，隔岸红绿蓝。

湘江洪波沉，月照百姓闲。

圣人婴儿心 | 2023年8月30日乘机往成都途中

圣人婴儿心①，影雄楚音沉②。

云见榕城美，俯瞰如美神。

仰问大运事③，昆仑有真人④。

---

① 《老子·二十八章》："常德不离，复归于婴儿。"

② 影雄，指项羽一介武夫。楚音，楚歌。楚汉相争时期，项羽攻占秦都后，刘邦大军把项羽围在垓下，并设下"四面楚歌"之计，项羽以为汉军已经攻占楚地，感慨天要灭他，悲壮自刎身亡。亦指今日美国色厉内荏，已四面楚歌。

③ 大运事：大运，借成都召开的第三十一届大运会谐音，喻中国运势。

④ 昆仑：喻中国。真人，高人也。"上古有真人者，提挈天地，把握阴阳。呼吸精气，独立守神，肌肉若一。故能寿敝天地，无有终时。此其道生。"邢汝雯编著：《黄帝内经》，华中科技大学出版社2017年版，第5页。

纸糊美国[①]落，势去不自由[②]。

画意 ｜ 2023年9月11日

白鹭没浩荡，红山入深秋。
画意厚与重，天凉诗与酒。

梦忆回湘赣 ｜ 2023年9月20日
晨游长沙烈士陵园

云低楼自高，水多树枝繁。
秋染花湿红，梦忆回湘赣。

河山念 ｜ 2023年11月24日

万里河山念，葱葱郁芊芊。
泪念秦统一，倏忽五千年。

静观2023 ｜ 2023年12月4日

潮落无圣人，华为大旗红。

---

① 纸糊美国：纸，美元。自基辛格始，美国日益成了堆在纸（币）上的帝国，目前正在摇摇欲坠。
② 〔唐〕罗隐《筹笔驿》："时来天地皆同力，运去英雄不自由。"

瘦马残云远，败柳西风中。

参观侵华日军投降签字遗址有感

2023年12月8日

昨日怪鬼烟远，今天魔影如猿。
东海风高浪急，倭来此处再见。

嘉陵江畅想 ｜ 2023年12月12日

长江旧岸，遥想当年，地覆天翻，重庆谈
笑推杯间。昔人^①一去不回，阳明山^②空，
望江楼^③高，海峡酹酒眼湿，茶屋说故事，

---

① 指重庆谈判后军事上受到重创并逃到台湾岛的蒋介石。
② 阳明山：在台北市近郊，居纱帽山之东北，磺溪上源谷中，原名草山。
1950年，蒋介石为纪念明代学者王阳明，改名为"阳明山"。1949年12月，
"国民政府"迁台，蒋介石以草山行馆为居处，1950年5月，士林官邸修建完
成后才改为"夏季避暑行馆"，亦称"草山老官邸"，直至1960年间位于七
星山上的中兴宾馆落成，蒋介石才迁居中兴宾馆。
③ 望江楼位于四川省成都市望江楼公园内，望江楼公园位于成都市东门外九
眼桥锦江南岸一片茂林修竹之中，面积176.5亩，主要建筑崇丽阁、濯锦楼、
浣笺亭、五云仙馆、流杯池和泉香榭等，是明清两代为纪念唐代女诗人薛涛
而建起来的。望江楼内有薛涛井，古代叫玉女津。在唐宋时期，这个渡口比较
繁华。当时，锦江两岸四季花开不断，姑娘们常常从浣花溪上船，一路流连观
赏美景，玉女津所在的渡口就是终点，使这个渡口常常美女如云，带有许多灵
气。同时，要远行的人们往往从万里桥码头上岸，亲朋好友同船相送，送到玉
女津，一般就不再向前送了。送行者下船，远航的船云帆高挂，船向前拐过一
个弯，一切都消失得无影无踪，剩下的只有无尽的思念。此处用望江楼表达对
"昔人一去不回"的慨叹。

黄鹤守望不飞远[①]。

庐山吟 | 2024年1月17日
读苏轼《题西林壁》，反其意而作

不识庐山多书生，庐山之美是无情。
樯帆毕竟东去也，侧畔仍晃沉舟影。

笑王侯 | 2024年5月24日

昔年王谢[②]春与秋，庭前花开红依旧。
寻常百姓三顿饭，秦城[③]门前笑王侯。

最好课堂是南墙 | 2024年6月5日
读党史有感

最好课堂是南墙，最好考场是沙场。
最好教员是王明，最好教材是湘江。

---

① 〔唐〕崔颢："昔人已乘黄鹤去，此地空余黄鹤楼。黄鹤一去不复返，白云千载空悠悠。"此处借此表达黄鹤不再飞远，要守望祖国统一。
② 王谢：六朝望族，显赫世家大族的代名词。
③ 秦城监狱位于北京市昌平区小汤山镇附近的兴寿镇秦城村，因地得名，关押过许多高级别犯人。

王明讲课一张嘴，蒋公讲课机关枪。[①]
滔滔湘江血染红，过江方识毛主张。

黄泉路上妄念多　| 2024年6月23日
读图有感

百姓修行心近佛，名人拜佛冒虚火
气盛名高阳寿折，黄泉路上妄念多。

乘机降落上海浦东机场俯瞰有感　|
2024年6月23日

烟雨上海，茫茫海上。
几叶孤舟，落仙寻乡。
摇曳英华，江波荡漾。
接地心驰，迷彩讲堂。

[①] 1956年9月24日，毛泽东在接见参加中共八大的英国共产党代表团时说："蒋介石是中国最大的教员，教育了全国人民，教育了我们全体党员，他用机关枪上课，王明则用嘴上课。"毛泽东：《吸取历史教训，反对大国沙文主义》（1956年9月24日），中共中央文献研究室编：《毛泽东文集》第7卷，人民出版社1999年版，第121页。

读《史记·李陵传》 | 2024年6月30日

太史公赞李陵美^①，李陵北坟笑子长^②。

自古明君论大节^③，武帝痛斥迁愚氓。^④

苏轼哪知靖康耻^⑤，思宗煤山吊国饷^⑥。

---

① 司马迁在《报任安书》中大赞李陵，认为："然仆观其为人，自守奇士，事亲孝，与士信，临财廉，取予义，分别有让，恭俭下人，常思奋不顾身，以殉国家之急。其素所蓄积也，仆以为有国士之风。夫人臣出万死不顾一生之计，赴公家之难，斯已奇矣。今举事一不当，而全躯保妻子之臣随而媒孽其短，仆诚私心痛之。"阙勋吾、许凌云、张孝美等译注《古文观止》上，湖南人民出版社1982年版，第336-337页。

② 司马迁，字子长。李陵投降匈奴后，单于看重李陵，将女儿嫁给他，并立其为右校王。汉昭帝即位后，大将军霍光等曾派李陵的好友任立政出使匈奴，企图召回李陵，却被其以"丈夫不能再辱"为由拒绝。征和三年（前90年），李陵率匈奴"三万余骑追汉军，至浚稽山合"，转战九日。元平元年（前74年），李陵在匈奴病死。许嘉璐主编：《二十四史全译·汉书》，汉语大词典出版社2004年版，第1169—1170，1880—1881页。

③ 毛泽东多次称赞叶剑英。据档案记载，1962年9月24日，毛泽东在中共八届十中全会讲话时说叶剑英"大关节是不糊涂的"。陈晋：《读毛泽东札记》，生活·读书·新知三联书店2009年版，第170页。

④ 迁，司马迁。愚氓，毛泽东《七律·和郭沫若同志》："僧是愚氓犹可训。"武帝对司马迁为李陵说情震怒非常，史载："上以迁诬罔，欲沮贰师，为陵游说，下迁腐刑。"许嘉璐主编：《二十四史全译·汉书》，汉语大词典出版社2004年版，第1168页。

⑤ 苏轼卒于1101年，26年后即1127年出现靖康之难，史书亦称"靖康之耻"。

⑥ 思宗，即明思宗朱由检，年号崇祯。崇祯十七年（1644年），李自成兵临北京，朱由检自缢于煤山（今景山）。

读史每到伤情处①，最恨"浮明"②空文章。

读西域摄影有感 | 2024年7月23日

万里西域边疆行，风驰黄沙白山轻。
最忆那年霍将军③，落日远闻马嘶鸣！

观黄河壶口瀑布视频有感 |

2024年7月26日

黄河壮观滔滔去，无装无饰一身泥。
混沌吞吐万里尘，最忆陕北毛主席。

初访大亚湾 | 2024年8月5日，深圳

驱车大亚湾，大云挂山巅。
闪电马良笔，南天画个圈。

---

① 毛泽东看二十四史时说："看《明史》最生气，做皇帝的大多搞得不好，尽做坏事。"盛巽昌、欧薇薇、盛仰红编著：《毛泽东这样学习历史 这样评点历史》，人民出版社2005年版，第260页。
② "浮明"：王船山痛斥明代文风为"浮明"，指出这种文风是明亡之首贼。他最后痛陈："'浮明'者，道之大贼也。其丽于'文'，则亦集声以炫其荣华也。其丽于'思'，则亦穷纤曲以测夫幽隐也……乌呼！'求明'之害，尤烈于不'明'。"《船山全书》第二册，岳麓书社 1996年版，第240—241页。
③ 霍将军：西汉名将霍去病。他前后六次出击匈奴，与卫青等人合作，解除了匈奴对汉王朝的威胁。

老人南方走，讲话谆谆暖。

风雨泼水墨，全新调色板。

一梦卅年去，神州大势翻。

北见梁家河，南见大亚湾，

细数那年事，若回南湖船。

落机昆明 ｜ 2024年8月7日

大云东漫去，高天人不语。

绝眦飞鸟过，又见梨花雨。

振长策 ｜ 2024年9月1日
青岛黄岛灵山岛漫步有感

怪石嶙峋，茫茫海蓝。

秋风萧瑟，洪波烟澹。

临风诵诗，把酒问天。

蛇腾乘雾，神龟①已倦。

把酒酹海，心绪万千。

老骥长嘶，烈士暮年。

---

① 台湾花莲县海域东有龟山岛。传说当年郑成功率军途经此地，突遭一只大母龟攻击，郑成功一怒之下，拔箭将它射伤，母龟逃至海上化作龟山岛，岛的西南方另有一座小屿，初一、十五潮差较大时浮出海面，名为龟卵屿。2024年4月3日7时58分在台湾花莲县海域（北纬23.81度，东经121.74度）发生7.3级地震。台湾媒体报道称，龟山岛也稍微断了一部分。

洪波涛沉，廉颇可饭。

不观沧海，心系台湾。

磅礴中华复兴兮，大器花莲。

蛇出星河，龟衔两岸。

振长策而御西太平洋兮[①]，余烈再添。[②]

贾生[③]低吟，魏武[④]挥鞭。

歌以咏志，东瀛归汉[⑤]。

幸甚至哉，观音面南[⑥]。

克拉地峡[⑦]，天竺不远[⑧]。

---

① 〔宋〕刘过《多景楼醉歌》："丈夫生有四方志，东欲入海西入秦。"缪钺
等撰：《宋诗鉴赏辞典》，上海辞书出版社1987年版，第1166页。

② 贾谊《过秦论》：振长策而御宇内，奋六世之余烈。

③ 贾生：贾谊。

④ 魏武：魏武帝，曹操。

⑤ 东瀛：日本。中国成功后，日本又回汉唐，再背布袋来中国学习中国式现
代化道路的成功经验。

⑥ 面南：西太平洋稳定后，再经营南海。

⑦ 克拉地峡位于泰国春蓬府和拉廊府境内的一段狭长地带。为马来半岛北部
最狭处，宽仅56公里。北连中南半岛，南接马来半岛，地峡以南约400公里
（北纬7度至10度之间）地段均为泰国领土，最窄处50多公里，最宽处约190
公里，最高点海拔75米。且它的东西两海岸皆为基岩海岸，风平浪静。2014
年3月13日中国新闻网消息：随着中国—东盟自贸区战略合作伙伴关系的推
进，克拉运河计划有望成为现实。

⑧ 天竺不远：克拉地峡开通后，亚洲人民从太平洋到印度洋的距离大幅缩
短，对马六甲海峡依赖大幅降低。天竺，印度和印度洋。

第三章

人老最念旧

[致友人、念学生]

寒塘鹤影 | 1994年12月8日寅时，于山东大学

一个童话般的夜，
你告诉我：
寒塘有鹤影。
我去了那儿，看到的只是
清冷的月，
如水的光，与
未葬的花魂。

白鹤已飘然而去。
月儿悄悄说：其实
石桥上还驻留着温存的时间，
流水中仍晃动着欣欣倒影。

我笑视月亮，
说我从未失望。
白鹤离去，是为衔升那东海里的红日，
白鹤归来，还会栖息在塘边的小树旁。

望山　| 2019年3月5日

忆青城山

水墨自天然，风雨洒丹青。
神秀①随心起，归鸟入画屏。
落日忽近远，阴阳夕照明。
浅吟大风歌②，琴鹤③纵诗情。

月夜散步偶遇　| 2019年4月14日，于中央民族大学校园

清月朱阁近，轩门半掩开。
有人轻声语，静候嫦娥来。

---

① 神秀：神奇秀美。杜甫《望岳》："造化钟神秀，阴阳割昏晓。"
② 大风歌：刘邦《大风歌》。
③ 沈括《梦溪笔谈》卷九："赵阅道为成都转运使，出行部内唯携一琴、一鹤，坐则看鹤鼓琴。尝过青城山，遇雪舍于逆旅，逆旅之人不知其使者也，或慢狎之，公颓然鼓琴不问。"〔宋〕沈括：《梦溪笔谈》，上海古籍出版社2015年版，第10页。

秋池留红　| 2019年9月11日
赏荷有感

云来残荷听雨，雨去秋池留红。
近看夕阳西下，远闻南屏晚钟[1]。

重阳旧忆　| 2019年10月7日重阳节

九九重阳日，常梦童趣事。
而今白发人，可记让梨时?

花香眼迷离　| 2020年4月26日
和陕西友人诗

春水色斑斓，泛舟涟漪起。
忽闻鸟语声，花香眼迷离。

---

[1] 南屏晚钟：杭州南屏山净慈寺傍晚的钟声。作者1987年到1994年在杭州
生活工作，此处表达作者对杭州的思念。

香山会友偶感 ｜ 2020年1月12日

　　己亥冬日与文友相聚香山兰溪小馆，纵论古今，可谓"香山问道"。正是：

香山闻酒香，问道道不远。
三两兄弟在，雷霆诗书间。①

三月东风八万里 ｜ 2020年3月14日
　　与友和诗

未名湖畔花枝繁，春来秋去自天然。
三月东风八万里，遍地英雄下夕烟。

薛家军阵英雄多 ｜ 2020年3月23日
　　致友人

山樱花落红飘雨②，春树如海泛涟漪。
薛家军阵英雄多，东征路上尽传奇。③

---

① 最后两句赞扬这几位志同道合的友人近期创办的一份研究战略的刊物。
② 〔宋〕李曾伯《宿深桥驿》："山樱花落红飘雨，野草烧残青入烟。"黄仁生、罗建伦校点：《唐宋人寓湘诗文集》，岳麓书社2013年，第1793页。
③ 薛仁贵于贞观末年投军，随征高丽，受唐太宗拔擢。自此征战数十年，曾大败九姓铁勒，降服高丽，击破突厥，功勋卓著。至唐高宗时，累官至瓜州长史、右领军卫将军、检校代州都督，封平阳郡公。

地远心不偏 | 2020年3月24日
为友援边歌

白云天蓝蓝，长歌走边关。
边关看地老，老地听呼唤。
天荒歌悲壮，荒天遗雪山。
白云藏^①花红，地远心不偏^②。

太阳雪 | 2020年5月20日
致友人

那是美丽的太阳雪，
那是迎送太阳的霞。
彩云下面是家乡灯火，
家乡静等的不是浮云^③，
而是
南归的雁！

---

① 藏：西藏。
② 本句是对晋人陶渊明《饮酒》"问君何能尔？心远地自偏"诗意的反用，意即人虽地处偏远，但仍不忘初心，不离大道，与时俱进。
③ 浮云：飘浮不定的心情。李白《送友人》："浮云游子意，落日故人情。"

为友人自驾西行歌 | 2020年6月8日

英雄独有黄沙情，不恋江南好风景。
长河潋滟落日圆，追梦太宗与文景。

附

和文木佳作以谢

刘志伟

自古英雄俱多情，小桥大漠共风景。
孤烟直上云天外，追思大将霍去病！

桃花源 | 2020年6月9日

读友人诗图有感

远山轻雾排阵来，黑牛白马绿草甸。
读史满眼狼烟飞，哪知有此桃花源。

附

又见鲁朗

刘海锋

因过竹院逢僧话，宁静圣洁半日闲。
如今案牍羡牛马，绿草青山细雨天。

梦回大荔 | 2020年7月17日

梦回下乡事，最忆大荔县。
插队在八鱼①，皇甫村路宽。
派活看枣林，清晨枣脆甜。
甜枣滴露水，彩雾绕树巅。
昼睡柴屋凉，夜走细沙暖。
秦音铿锵美，围坐花生鲜。
篝火映笑脸，月亮大又圆②。
节日有电影，公社忙宣传。
露天大戏场，席地三两砖。
影毕散场回，男女声两边③。
次日钟声脆④，日出忙田间。
历历梦中事，恍惚在昨天。

心回四月天 | 2020年10月25日重阳节

屋外秋红淡，屋内笑声甜。
九九重阳日，心回四月天。

---

① 1975—1979年，我在陕西渭南大荔县八鱼乡皇甫村（当时系八鱼公社八鱼大队第七小队）插队锻炼。2019年撤八鱼乡并入羌白镇。
② 夏天派给我的活是看枣林。一人在无际的沙丘间察巡，也不知什么是害怕。在那里知道了早晨滴露水的枣最甜，月中时晚上的月亮大如盘。
③ 那时知青男女相好都不公开，面上不太说话，不像现在秀恩爱。
④ 当时早上队长敲村头大钟，社员听钟响集体上工。

晚秋夕阳 | 2020年10月26日

晚秋夕阳美，树树黄叶飞。
落日苍茫远，风送佳人归。

晚遇雨有感 | 2020年11月18日凌晨3：00

昨晚听风风萧萧，蒙蒙细雨路灯照。
夜色放空白日事，梦轻日红鹤影高。

劳动者赞歌（三首）

01 打工谣 | 2019年12月

父母恩情长，女儿常念想。
父母田间苦，四妹打工忙。
远行打工久，四妹愧心伤。
父亲背影高，相守到天荒。

02 小吃店 | 2020年7月21日

　　常去魏公村一家小吃店，品种多且合口味，
饭点时生意最红火。老板娘张姓，待客和气本分。
后小店关迁。偶然路过，怅然感慨：天下最美是劳
动，为人最美是善良。赋诗赞之。

张家有那女，忙碌小吃店。

饭点客坐满，馄饨饺子鲜。

辛苦为儿女，一心想明天。

儿女成长快，看着心里甜。

盼孩读书好，放飞心里安。

不惧山路长，过后天更蓝。

不惧日子苦，娃大娘心安。

03　鹏飞自超然　│　2020年7月21日

平常好人杂记

常去魏公村云舒推拿，幸遇王鹏超保健师，医术高。前次带状疱疹，最近脚肿如鼓，三四次拔罐针灸，手到病除，一次费用仅半百左右，多给坚决不收。平时不声张，不自夸，治好一病，仅自娱美声于某网站，歌声悠然。肯学习，有天赋，让人想到早些年代的"赤脚医生"。赋诗赞曰：

鹏飞九天上，物外自超然。

真心为百姓，仁心医德传。

手到病痛除，费用无负担。

行高自无声，哔哩歌声甜。

定会手牵红日^①来　|　2020年8月10日

致友人

少年踉跄独徘徊，不信清秋花不开。
待我铺就通天路，定会手牵红日来。

君舞伴红颜？　|　2020年9月29日

致友人

夜深难入眠，青灯照文宣。
石砚墨池影，君舞伴红颜？^②

附友和诗

人醒夜雨急，文宣砚墨青。
等却秋风落，君舞池楼影。

---

① 手牵红日：这是在自比周武王时期的鲁阳文子。相传他与韩作战，挥戈使
太阳返回。典故出自《淮南子》："鲁阳公与韩构难，战酣日暮，援戈而挥
之，日为之反三舍。"张双棣：《淮南子校释》，北京大学出版社1997年
版，第631页。
② 最后两句的意思是，看到石砚墨汁中倒映出的你的身影，衷心祝福你找到
可以与你共舞的知音。

风吹旌旗赴花莲 ｜ 2020年10月3日
晨读朋友摄影作品有感并和诗

重峦侧立欲征战，十万大山过眼前。
暗云不掩军绿色，风吹旌旗赴花莲。

冬听台北潇潇雨 ｜ 2020年10月9日
读朋友发图有感

秋竹邀月莫西下，共赴东海迎朝霞。
冬听台北潇潇雨，春品杭州龙井茶。
南屏晚钟声声脆，阿里山寺开红花。
莫道花莲池水浅，观鱼不去马六甲。①

拉萨教马列，为师自高看
致尼玛次仁

01 **师生情** ｜ 2020年10月10日凌晨1: 14

青藏日落迟，京城星满天。
为师尚未眠，学生圈点赞。

---

① 最后两句意思与"只手难扶唐社稷，连城犹拥晋山河"是一个意思，即先牢固根基，不自败方可败他。花莲港位置于我国台湾省东部，面临太平洋，是重要的战略海港。

为师心感动，常念卅年前。
老校流水声，新校月儿圆。
久别无音讯，新知在高原。
拉萨教马列，为师自高看。
当年人低调，而今排位前。
尼玛学问志^①，师心在花莲^②。
师生本有情，友情可经年。

02　过来都是爱海人　│　2022年7月29日

无缘拉萨观落日，不忍济南月西沉。
常想山大树林小，过来都是爱海人。

秋红　│　2020年10月16日下午4: 50, 于张家口回北京路上

天高白云远，思念是香山。
香山酒醇厚，老友来两三。
进山看红叶，出山红叶看。
醉时眼迷离，梦境秋红染。

---

① 尼玛学问志："学问"在这里是动词，即尼玛同志学习时问老师关于志向的问题。
② 师心在花莲：意即老师心在祖国统一。"花莲"即我国台湾花莲港。

燕兰楼问酒 ｜ 2020年10月23日凌晨 3：58

　　　　　　昨晚与朋友在国图旁的燕兰楼小聚，聚时西
风白酒，别时孤星冷月，甚是感慨。赋诗赞曰：

燕兰楼，西风厚[①]。

近地铁，宜朋友。

老友聚，杯中酒。

逝如斯，夫何求？[②]

白鹤去，云悠悠。

手足酥，再问酒。

寒柳 ｜ 2021年1月6日

　　读友人摄影有感

寒风吹尽浮华，柳枝依依素颜。

随意漫舞多姿，绝胜灯火阑珊。

香山旧忆 ｜ 2021年1月20日凌晨 2：26

　　读图有感

好诗好印好画境，最忆香山问道行。

---

① 西风厚：燕兰楼酒家主打西北菜系。

② 逝如斯：子在川上曰，"逝者如斯夫"（《论语·子罕》）。此处言时间
如白驹过隙，自己还有什么放不下的呢？

碎石细路有人家，把酒说海窗前影。

早春闲步紫竹院偶得 | 2021年1月27日

01

闲步紫竹早，细柳风料峭。
水白冰未解，春绿爬树梢。

02

日高树影宽，不动是画船。
鸳鸯春来早，风寒水已暖。

03

乱竹不掩石径，枯叶不辨晓昏。
寒风料峭西远[1]，紫气袭袭东春。

04

春寒鸭知水暖，冰白不动画船。
闲步旧路问茶，隐隐笛声悠然。

---

[1] "少阴者，西方。西，迁也。阴气迁落物，于时为秋。"许嘉璐主编：《二十四史全译·汉书》第1册，汉语大词典出版社2004年版，第409页。

正午见月有感 | 2021年2月19日

正午月如钩，春绿上枝头。
喜鹊低徘徊，燕子入画楼。

春雨 | 2021年3月1日晨
读画

好诗好字好画，春雨春梦人家。
雨歇飞燕衔泥，风起喜鹊看花。

白绿晨相约 | 2021年3月1日

昨夜春雨，今晨又喜见春雪，感动诗颂。

梦醒入三月，开轩雨连雪。
昨夜二月雨，今晨白绿约。

治学心语 | 2021年5月3日
致友人王鸣野同志

高鸣在狂野，低首不称王[1]。

---

[1] 不称王，朱元璋征求学士朱升对他平定天下战略方针的意见，朱升说："高筑墙，广积粮，缓称王。"毛泽东评价朱升"九字国策定江山"。郝时晋、梁光玉、萧祥剑主编：《群书治要续编》5，团结出版社2021年版，第91页。

文章及古今，寻理事中央①。

致知先格物，宋理是秕糠。

靖康血溅远，不远是湘江②。

鹤去念友朋 | 2021年5月19日

念访同济大学友人

> 2021年5月10—13日去上海讲学，见旧朋
> 好友，回来后时有念想，诗以抒怀。

夜半自发愣，醉忆上海行。

潇潇同济雨，滔滔黄浦声。

人老最念旧，酒老人年轻。

不忍黄鹤去，魂随花莲风。

放浪形骸外，生死醒醉中。

惜命身载道③，鹤去念友朋。

---

① 即实事求是，与格物致知是一个意思。
② 湘江，指湘江战役。1934年11月27日至12月1日，中央红军在湘江上游广西境内的兴安县、全州县、灌阳县，与国民党军队苦战五昼夜，最终从全州、兴安之间强渡湘江，突破了国民党军队的第四道封锁线，粉碎了蒋介石围歼中央红军于湘江以东的企图。但是，中央红军也为此付出了极为惨重的代价。部队指战员和中央机关人员由长征出发时的8万多人锐减至3万余人。广大干部和战士对王明军事路线的怀疑和不满到达了极点，纷纷要求改换领导。
③ 意即爱惜生命是由于负有使命。

念山东大学学友 ｜ 2021年6月5日

昨夜星辰昨夜风，老校圆月新校情[①]。

天命陋室高难问，卅年最忆是旧影。

夜半诗酒 ｜ 2021年6月14日端午节

　　　　与朋友忆旧，又逢端午，夜半诗酒，感而慨之。正是：

夜半诗酒忆秦声，战略学问论地形。

地球仪转风云动，英雄无声看输赢[②]。

南国吴风南国诗（诗组）
致友人

　　　　因自己在杭州的八年生活经历，常读吴风同志的书画、诗词、摄影作品并深受感染，赋诗以赞。

01 小桥回家人 ｜ 2021年3月6日

野径草石深，天低暮云沉。

---

① 老校、新校：20世纪90年代山东大学分老校区和新校区。
② 意即英雄在意的是输赢，而不是声高。

惊蛰雷声远，小桥回家人。

02　好诗好图　│　2021年7月18日

好诗好图好江南，之江①一梦忆阑珊。
印章方寸藏形势，白发夕阳忆画船。

03　南国吴风②　│　2021年7月26日

南国吴风南国诗，常忆朋友喝酒时。
点赞一枚生感动，醉身不问之江事。

04　仙居百姓家　│　2021年10月21日

夜读吴风摄影作品有感

山高云雾上，人低屋檐下。
吴古遗风在，仙居百姓家。

05　来日东南论功成　│　2021年11月18日

好诗好图尽吴风，月魂诗心伴平生。
之江一别道冷暖，来日东南论功成。

---

① 即浙江之江饭店。笔者曾在此与吴风同志讨论问题。
② 吴风：友人名，又喻江浙风俗文化。

06　诗图皆美 ｜ 2021年11月18日

诗图皆美好，吴风自东南。
祖国统一日，酒醉雁荡山。

07　忽忆少年放学时 ｜ 2024年4月23日
读图有感

细雨路湿夜色深，都是匆匆回家人。
忽忆少年放学时，满眼伞动书包沉。

08　天籁声 ｜ 2024年5月21日

好图好诗好意境，大美狂野气纵横。
风吹万树千鸟飞，吴风抱朴天籁声。

雨后 ｜ 2021年7月19日
读朋友圈摄影有感

空山新雨后，天气早来秋。
绿野和云湿，茶香花涩羞。
暗云垂天际，海市或蜃楼。
不知人何处，心随诗与酒。

师生结缘落花时 | 2021年7月24日，于上海至北京G18列车上

上海之行见到25年前在山东大学教过的学生，相见如梦寐，感慨亦唏嘘。正是：

师生结缘落花时，校园学子追天痴。
课堂朗朗中国事，溪旁涓涓赋新诗。
老校新校林荫路，济南月圆话别迟。
卅年一去南北远，明镜白发流水逝。
流水落花秋日早，相逢已忘是老师。

王者天地远 | 2021年8月11日

致王清华博士

王者天地远，清辉何潋滟。
华月杯中影，茶香人无眠。

感动人情美 | 2021年10月3日

动情于夜半看朋友圈点赞

凌晨第一赞，心暖有挂牵。
感动人情美，夜半是新天。

再嘱学生：不学马列要吃亏 | 2021年10月15日
致学生佑任同志

少年踉跄走南北，拍遍栏杆望秋水。
浮生问学多蹉跎，老知马列是精髓。
唯物辩证有方向，小资轻浮没是非。
他日若逢白刃事，学好马列不吃亏。

旗红高山巅 | 2021年10月23日
闻人民子弟兵边疆行而作

巍巍昆仑山，离天三尺三。
天倾望西北[①]，地合看东南[②]。
军绿云雾里，旗红高山巅。
驱车雨雪急，磅礴走泥丸。

岁末赴约有感 | 2022年1月16日子时

岁末白月悬，京城灯火繁。

---

① 《淮南子·天文训》："昔者共工与颛顼争为帝，怒而触不周之山，天柱折，地维绝，天倾西北，故日月星辰移焉；地不满东南，故水潦尘埃归焉。"上海教育学院编：《中国古代文学读本》第1卷，教育科学出版社1982年版，第23页。
② 意即用神话中共工的精神，实现祖国完全统一。

相见互唏嘘，不惊白发添。

遥忆当年事，更问孙儿添？

握手心相印，把酒泪湿衫。

念友 ｜ 2022年2月5日

海云滔滔忧思长，陈陈酒香好文章。

猿啸山谷神不惊，不怒自威百兽王。

念友四首

> 与崔燕振同志在山东大学结为好友，读博士期间，中国学术西化风劲。记得毕业前，那天在山东大学老校操场晚饭后散步，我们互诉未来理想，我说将来中国学术要有中国气派，我的学术要有"实学"风格，并以此推动中国学术摆脱"洋教条"，转向中国实践。分手后我们先后来到北京并在不同的领域践行了当年诺言。真是：往昔岁月何峥嵘，不负同学与少年……

01　君子 ｜ 2022年2月

北山崔崔[①]，南燕飞飞。

君子振振[②]，仁心可推[③]。

---

① 崔：高也。《诗经·齐风·南山》："南山崔崔，雄狐绥绥。"
② 振振：仁厚貌。《诗经·国风·周南》："振振公子，于嗟麟兮。"
③ 可推：推心置腹。

02 红烛 │ 2022年3月9日

佛影多崔巍，风好南燕归。

长策振有时，西窗红烛泪。

03 书生 │ 2024年2月6日

西窗少年剪烛红，操场问天低语声。

老校最忆隐月树，卅年一别仍书生。

04 不悔 │ 2024年5月22日

往昔岁月何峥嵘，少年文章春山空。

那年明志终不悔，浮生梦醒见秋红。

附

崔燕振同志和诗

似水流年又逢春，鬓生华发叹年轮。

难忘同窗苦学志，常忆少年最发奋。

世事苍茫深几许，功利浮名未足惜。

老骥尚存千里梦，且看柳色成新绿。

高歌国企人　| 2022年3月1日
　　致海川同志

　　　　我曾多次受邀为中国建筑中国海外集团有限公司学员讲座，见证了接受国家交给的紧急任务后的中国速度。感动之余，为之诗赞：

致敬不独为海川，中建①速度天作证。
今日高歌国企人，明天东海唱大风。

成都文殊院印象　| 2022年3月3日
　　致友人

不管朱色浓淡，未泯童心不变。
嘤其鸣矣声声②，文殊石龟念念③。

念甘肃友人　| 2022年5月3日

不忘临别大碗面，还盼陇上新茶添。

---

① 中建：中国建筑集团有限公司（简称中建集团），正式组建于1982年，是我国专业化发展最久、市场化经营最早、一体化程度最高、全球规模最大的投资建设集团之一。
② 嘤：鸟鸣声。鸟儿在嘤嘤地鸣叫，寻求同伴的应声。比喻寻求志同道合的朋友。《诗经·小雅·伐木》："嘤其鸣矣，求其友声。相彼鸟矣，犹求友声；矧伊人矣，不求友生？"
③ 文殊，成都文殊院，文殊院内有石龟。

敦煌飞天天不动，何必玉空说来年[1]。

学生入梦可道贺　｜　2022年5月4日
　　五四念并致学生孙道贺

枇杷熟时望南国，泉城最美秋花落。
夕阳飘红雪带雨，学生入梦可道贺。

散步续接陕西友人诗　｜　2022年5月14日

鹤送酒仙凤凰楼，凤凰楼上西凤酒。
月移花影上栏杆，诗梦花海说还休。

赠诗连云港同志　｜　2022年5月28日

王师旗展东海时，波起连云港读诗。
一轮旭日红飘雨，阿里山花说春迟。

---

[1] 意思是人才何必等到被其他地区或单位挖空或人家快到退休时才"大胆使用"呢？玉，这里比喻人才。

梦忆在西湖
致友人

01　北国读南诗 ｜ 2022年9月27日

寒风高楼路，热血月静时。
南屏钟声晚，闻道事未迟。
梅柳渡江去，北国读南诗。^①
老病一壶酒，梦忆孤山痴。

02　梦忆西湖 ｜ 2023年4月18日

楼静好读书，树隐月东出。
春深夜风凉，梦忆在西湖。

国庆晨念 ｜ 2022年10月1日
致友人

晓见红云听雨声，晚霞落花文章成。
无尽思念流水去，更盼来年访友朋。

---

① 杜甫的祖父杜审言在《和晋陵陆丞早春游望》中曾有"云霞出海曙，梅柳
渡江春"的诗句，意思是南方的梅柳逐渐向北移动，过江以后春天就来到北
方。这里"梅柳渡江去"，是从杭州看春天过江北进，北方的春天快要到了。
"北国读南诗"，意思是诗人在北方想念南边（杭州）的事儿。

"事情"小词大道理　｜　2022年10月2日

人生相逢不容易，天赐缘分要珍惜。
佛言从古天选人，好友重情亦重义。
重情要义在做事，"事情"小词大道理。
事难情系生与死，国难动情是国旗。

风畅红叶秋
致友人

　　　　　　　　秋至感伤，汾水酒香，万木风动，层林染
红，遥念友人并诗祝全家幸福。

01　畅风和煦红蓝白　｜　2022年3月14日子时

畅风和煦红蓝白，忽有如画仙境来。
情动春早循声去，不觉梦入凤凰台。[①]

02　梨花酒　｜　2022年10月30日

　　　　　　　　与好友家人年底相聚国家图书馆，心生感
动，诗以记之。

[①] "凤凰台，轩帝巡衡岳，张乐洞庭之野，凤凰集而雌雄声各六。台下万岁潭，传赵宋先人水葬于此，而水绕其门。"〔清〕彭开勋，〔清〕周康立撰：《南楚诗纪·楚南史赘》，岳麓书社2011年版，第97页。

风畅红叶秋，唐诗梨花酒。
国图心怡①美，高论在五九②。

03　问佛　│ 2023年4月9日

一年最爱四月花，初红未红羞两颊。
抬眼问佛心怡事，佛赠白马迎早霞。③

04　畅风红花天依旧　│ 2024年5月24日

畅风红花天依旧，秦晋连城黄河流。
黄河咆哮入东海，东瀛面西再叩首④。

荡漾杯中月　│ 2022年11月7日立冬
　　赠友人

荣归梧桐⑤雨，翠动千山雪。
笑忆童趣事，荡漾杯中月。

---

① 心怡，相聚朋友爱女名，是时考上研究生，以诗鼓励。
② 古人言"九五至尊"。五是广的极致，九是高的极限，此处意为朋友相聚说的都是人生事业的大事。
③ 心怡，朋友爱女名。白马，白马王子，祝福其早有意中人，那一定是佛的厚赠。
④ 东瀛，日本。此指祖国统一后，日本将重返唐朝时，背着布袋来中国学习取经。
⑤ 荣，桐木。郭璞注："即梧桐。"

雪梦水影（四首）
致友人

01 雪梦 | 2023年3月14日

蓉城春色深，梦画是雪神。
风高送天女，雪落归丽人。

02 雪暖 | 2023年3月25日

冬去雪意暖，春来雨添绿。
南燕来北早，绕梁落新泥。

03 丽人水影 | 2023年3月21日春分

寻寻觅觅她不在，低首忽见水影来。
窗影婆娑丽人去，空留花忆泪沾巾。

04 中秋忆 | 2024年9月17日中秋

中秋月如雪，又忆榕城夜。
不忘茶香远，轻语是话别。

成都师生相聚　｜ 2023年3月19日

从成都回北京路上有感

师生廿年一杯酒，杜甫草堂长叙旧。
京城问教青春时，再见先生白了头。

花莲事不空　｜ 2023年4月20日

致友人

晓月隐远峰，晓花露近红。
天竺雨忆多，花莲事不空。

白首泪忆是学生　｜ 2023年5月11日

今早有曾在山东大学教过的学生来京看我，
学生走后颇为动情，赋诗释怀。

昨夜山大昨夜风，再逢不觉半老翁。
相聚尽是儿女事，少年横纵梦未空。
老校夜静流水响，红楼课前脚步声。
"全体起立"音容在，白首泪忆是学生。

西湖晨诗
致友人

01　梦荷 ｜ 2023年6月8日

西湖雨荷沈①绿红，东天黎明映萍踪。
暮听南屏晚钟长，晓看青云半山空。

02　常忆那年文一路 ｜ 2024年6月13日

西湖水阔云天舒，夏荷影长浅入出。
影沈萍浮江南美，常忆那年文一路②。

03　晨见白鹭 ｜ 2024年8月10日
　　读图

晨见白鹭掠湖面，双翅拨动人心弦。
水波潋滟动八江，鱼鸟自由各有天。

---

① 沈，沉也，深也。"陵上滈水也。从水冘声。一曰浊黕也。"〔汉〕许
慎：《说文解字》，中华书局1963年版，第235页。
② 文一路是杭州的一条道路，东起湖墅南路，西接教三路。新中国成立后在
杭城西北隅建文教区，自北而南形成三条东西向平行大街，此为最北。1966
年改名学工路，1981年改名文一路。浙江财经学院（现改名"浙江财经大
学"）所在地，笔者曾在该校执教10年，其中3年在山东大学读博士。1997
年笔者离开杭州到北京工作。

04　倩影　｜ 2024年9月4日

白沙湖水倩影动，昆仑俯瞰八荒空。
万里雪域连天远，更喜山山藏花红。

每见点赞最动情　｜ 2023年6月12日

点赞情深岁悠悠，家国有事念老友。
饭局溢美隔夜茶，天长地久是问候。

横竖铁血是史诗　｜ 2023年6月19日
　　赠刘玺辰同志

文刀护玺在辰时①，曙光初照迷彩②驰。
江山万里方寸③间，横竖铁血是史诗④。

---

① 文刀，刘，钺属兵器。亦可理解为文化战线的战斗。友人刘姓，做文字工作。玺，国印。辰时，太阳初升之时。
② 迷彩：军装，此指人民军队。
③ 方寸：意喻国家政权，法统。
④ 史诗是道统。方寸，印章，即法统。法统是实现道统的形式。道统即人民。人民利益和人民政权是枪杆子即铁血来保卫的，毛主席说："一些阶级胜利了，一些阶级消灭了，这就是历史，这就是几千年的文明史。"这是说道统。毛主席还说："没有一个人民的军队便没有人民的一切。"这是说法统。

雪石 ｜ 2023年7月24日，作于去青岛途中

致友人

云深山影远，水镜可观天。
白坚是雪石，朴素人悠然。

潮起势落好谋远

致友人

01　潮起 ｜ 2023年8月4日，于深圳

势落无圣人[①]，潮起小人非[②]。
北地山月远，星海水作陪。

02　一杯清酒两茫茫 ｜ 2024年4月14日

古月朗朗星闪亮，一篇读罢到南方。
万里海疆万里思，一杯清酒两茫茫。

03　笑声甜 ｜ 2024年8月7日

古月新星浩瀚天，远者知止半山恋。
梦忆鲜花落地歌，送别又闻笑声甜。

[①] 意思与"运去英雄不自由"同。
[②] 意为如在进步的历史大潮中，"小人"也会成为君子。非，形容词后置。

04　南海天竺观音桥　│　2024年6月6日

志在中华复兴早，谋远当待两岸交。
花莲深藏大器局，南海天竺观音桥。

05　念念　│　2024年8月15日

不负古月星辰美，大潮来时小人非。
天竺观音白马[①]牵，文木念念观音归[②]。

观潮　│　2023年8月4日，深圳

致友人

沉沉潮涌声，滔滔诉流年。
石碧染丹青，浪白花蕾恋。

读画念友（十二首）

好友元一交往久矣，喜其聪颖敏锐，其国画
泼墨大写意尤为钟爱。每读作品，文木多有诗情
画意，成集于此，以记思念。

---

① 白马：白马寺。
② 意即从天竺国东出来到中国的观音娘娘，今后要常回娘家印度看看，加强
联系。

01　尽铿锵　│　2020年7月11日凌晨2: 49

大山回音听松响，小醉红晕看斜阳。
连天火烧不是云，刑天舞戈尽铿锵。[①]

02　好画好诗近辰时　│　2021年1月13日晨5: 23

好画好诗近辰时，醉眼不辨晓星驰。
东方渐白入梦去，空留大风吹红日。

03　天牛　│　2021年1月15日

天牛自悠然，朔漠落日远。
暮色披四野，隐隐羌笛怨。

04　卧苍茫　│　2021年1月18日晨8: 12

天牛走大荒，一二卧苍茫。
朝闻羌笛远，暮思是绿杨。

05　神牛　│　2021年2月12日

神牛步沉震大荒，天苍苍兮野茫茫。

[①] 出自陆游《读山海经·其十》："刑天舞干戚，猛志固常在。"据《山海经·海外西经》载："刑天与帝至此争神，帝断其首，葬之常羊之山。乃以乳为目，以脐为口，操干戚以舞。"袁珂译注：《山海经全译》，贵州人民出版社1991年版，第203页。

铿锵蹄奔回音远，横冲直撞又何妨。

06　奔牛　│ 2021年2月19日初八

牛画杰作，大气磅礴。

牛奔铿锵，天高地阔。

蒙眬醉眼，星辰冰河①。

蹄沉声远，梦残酒浊。

07　醉不归　│ 2022年11月28日

白云如烟染翠微，秋意深深藏春回。

万山丛中红点点，细路长风醉不归。

08　秋念　│ 2023年8月25日

　　致友人

秋叶黄矣，莺亦不舍。

云已远去，风伴为车。

漫天飞花兮，红尘为隔。

白雪茫茫兮，回音天河。

---

① 〔宋〕陆游《十一月四日风雨大作》："僵卧孤村不自哀，尚思为国戍轮台。夜阑卧听风吹雨，铁马冰河入梦来。"

09　秋去春来 ｜ 2023年9月3日

秋白送南雁，鹿影鸣北风。
低头江河远，春近好放生。

10　木樨花 ｜ 2023年10月4日

十月木樨花[①]，我开百花杀。
西风透香阵[②]，秋红好纵马。

11　雪山湖镜 ｜ 2023年10月29日

夜半读图有感动

雪山湖镜牛羊归，　山白只缘天已黑。
一池水波碧浪涌，　两地秋红可怜谁？

12　牛羊高台唤地天 ｜ 2023年11月12日

好诗好图好气场，黑山托衬雪松狂。
牛羊高台唤地天，云海沉沉走苍狼。

---

① 木樨，常绿灌木或小乔木，干高数米。叶椭圆形，花簇生于叶腋，黄色或黄白色，有浓郁的香味。可制作香料。通称桂花。有金桂、银桂、四季桂等，原产我国，为珍贵的观赏芳香植物。
② 第二、三句出自黄巢《不第后赋菊》："待到秋来九月八，我花开后百花杀。冲天香阵透长安，满城尽带黄金甲。"萧涤非等：《唐诗鉴赏辞典》，上海辞书出版社2004年版，第1330页。

香山忆 | 2023年10月4日

读友人诗作有感

好诗好饭好味道，最念香山论滔滔。
进山迷离红叶美，归来酒兴说诗豪。

凤凰云雨诗 | 2023年10月10日

致友人

杨柳轻摇万千条，凤飞九天问琼瑶[①]。
云烟花海天仙迎，回首更见红日好。
俯瞰万里江山美，遍地英雄齐折腰。
凤兮凰兮云作雨，忽闻蓬莱[②]诗如潮。

读兵 | 2023年11月20日

致军胜同志

少读兵书论诡奇，老知言兵须及义。

---

① 琼瑶：美玉，亦比喻酬答的礼物、诗文、书信等。
② 蓬莱，《史记·秦始皇本纪》："海中有三神山，名曰蓬莱、方丈、瀛洲。仙人居之。"传说仙家许多宝贵的典籍都藏在这里。东汉中央校书处东观，因藏书很多，被称为"道家蓬莱山"。李白有"蓬莱文章建安骨"诗句。蓬莱区，隶属山东烟台市，此喻山东。笔者在山东大学读了三年博士，我的大部分著作，尤其是《张文木战略文集》都是在山东人民出版社出版的，山东是我人生的福地，离开山东后很是怀念山东。

莫说输赢家常事，人民胜利硬道理。

课后 ｜ 2023年12月17日
　　致学生

武林有王者，相围问问题。
娓娓道中来，风雪透暖意。

秋不争春春自逢 ｜ 2023年12月25日
　　嘱友人

千年蝇蚊秋深疯，万里长城仍不动。
风物长宜远放眼，秋不争春春自逢。

最爱 ｜ 2024年1月11日
　　写于长沙蓉园宾馆

最爱主席梅花诗，不忍润之老泪时。①

---

① 马日事变发生以后，国民党军队将领何键时常派兵四处追捕我党成员和参与革命的群众。板仓因为距离长沙很近，所以经常会有国民党军队到此。在板仓一带，何键就杀害了460余人，1930年11月14日，他残忍杀害了毛泽东的妻子杨开慧同志，1932年6月派特务破坏毛泽东父母合葬墓未果。1957年5月11日毛泽东作词《蝶恋花·答李淑一》，其中第一句"我失骄杨君失柳"中的"骄杨"指的就是杨开慧。同年，已经65岁的毛主席见到了当年照顾杨开慧及毛岸英的保姆陈玉英。毛主席一见到她，便觉得就像看到了杨开慧。陈玉英将当年杨开慧被捕到牺牲的经过讲给毛主席，一向不露悲伤的毛主席流下泪来。

一生不争春烂漫，花俏都在大雪日。

龙年 ｜ 2024年2月10日
致友人

高思在雪时，低语春花间。
水击三千里，龙年好问天。

护神圣 ｜ 2024年3月1日
致友人

平生尚读书，修行锋不争。
朝闻道奋起，夕死护神圣。

童心
致友人

01　少年依旧 ｜ 2024年3月5日
海江雄奔向东滔滔万里如虎，
萍水相逢都是天涯沦落过客。
冷眼静观世界繁花青草绿水，
童心未泯少年依旧风雨高歌。

02　青岛念 ｜ 2024年9月15日

海阔涛沉拍岸声，萍踪天涯青黄逢。①
春绿秋红父母好，动车进京思大同。②

故地重游 ｜ 2024年3月14日

> 上山下乡的那段经历让人难忘，那里真是有大学
> 问的地方。没有那段日子就没有我今天的学问。
> 好学问的标准就是人民观。

故地重游③，遥忆当年少年风发；
白首感谢，乡亲教我箪食不易。
饥饿难耐，一口馍夹辣子可泪；
代牛拉犁，肩渗血痕学到唯物主义。

半生踉跄一路痴 ｜ 2024年3月18日

最恋山隐烟雨时，老心黑白天下式。
复归婴儿观无极④，浮生一梦不知痴。

---

① 萍踪，"恨匆匆，萍踪浪影，风剪了玉芙蓉。"（《牡丹亭·闹殇》）青黄，青色黄色的浮萍浪迹相逢，青黄相接，天意乎。
② 思大同：青岛回京车上想，没去过云冈石窟，想去看看。云冈石窟，位于山西省大同市西郊17公里处的武州山南麓，是中国著名的石窟群之一。
③ 2016年11月15日，笔者重返曾插队的大荔县八鱼乡皇甫村重温当年生活。
④ 第二、三两句意境出自《老子·二十八章》："知其雄，守其雌，为天下豀。为天下豀，常德不离，复归于婴儿。知其白，守其黑，为天下式。为天下式，常德不忒，复归于无极。"接上句"山隐烟雨"后天地复归于黑白朴素的意境。

秦腔一曲两茫茫
致陕西乡党

01 常念 │ 2024年4月2日

武家勇毅声铿锵，不忍皇城软音殇。
常念相聚西凤酒。秦腔一曲两茫茫。

02 长忆 │ 2024年4月3日

桑榆虽晚胜韶华，长忆少年走天涯。
一路倔强秦音重，回首月圆一杯茶。

03 乡情 │ 2024年4月17日
读画并致老友

少小离家远，老来乡情深。
风雨丹青色，春红画梦沉。

04 乡音 │ 2024年6月12日

终南红花三秦心，雨打黄叶听乡音。
闲云长安西凤酒，野鹤皇城家乡琴。

风华正茂年年
致天津友人

01 莫忘 ｜ 2018年10月5日
读西域骑白马摄影

白沙湖畔走白马，白马伴随丽人行，
西域途中多仙境，莫忘天竺有佛经。

02 除夕无眠 ｜ 2023年1月22日大年初一
忽闻友人赴新疆有感

除夕无眠朋友圈，平日高速路不远，
忽闻西域连天雪，远了才知葡萄酸。

03 心暖 ｜ 2024年4月3日
谢友人

一诗一文一赞，一葛一裘心暖[①]。
欲建大业寂寞，风华正茂年年。

04 不忘 ｜ 2024年8月16日

幸会初秋一抹黄，不忘浅夏那红裳。

[①] 葛：夏衣的代称。〔宋〕辛弃疾《水调歌头》："一葛一裘经岁，一钵一瓶终日，老子旧家风。"徐汉明点校：《辛弃疾全集》，崇文书局2013年版，第42页。

推轩又见雨带花，晨风轻诵好文章。

举枪 │ 2024年4月23日

> 受邀云南昆明授课，课毕参观单位射击训练馆。这是有生第二次体验持枪射击，上次是十多年前，且全部脱靶。这次竟取得三连发七、十、九环的好成绩，甚喜，赋诗赞曰：

浮生论史即兵事，只为老见统一日。
课毕书搁射击馆，举枪击环七九十。

夜半诗醉 │ 2024年4月28日子时，于西安

雁塔高卧观落日，太白醉意在子时。
梦得白鸥没浩荡[①]，子美多病浊酒诗[②]。

春梦秋红 │ 2024年4月28日
读山水画有感

春山春水隐春烟，春思春音春树远。
一帘春梦染秋红，几处闲庭几亩田。

---

① 〔唐〕杜甫《奉赠韦左丞丈二十二韵》："白鸥没浩荡，万里谁能驯？"
② 〔唐〕杜甫《登高》："万里悲秋常作客，百年多病独登台。艰难苦恨繁霜鬓，潦倒新停浊酒杯。"

楼观台悟道　｜　2024年4月28日

　　　　驱车终南山拜谒楼观台，受道长之邀品茶论道，听道长滔滔雄辩，对《老子》"非常道"有更真切的感受，正是：

楼观台高红茶好，道长论道话滔滔。
文木始难终不语，终南①觉悟非常道②。

书馆贵文商　｜　2024年5月1日
　　致友人

　　　　常去魏公街文商书馆喝茶会友，宽敞明亮安静，那里的服务周到并令人感动，觉得是文化人好去处，而"文商"馆名的选择更是大有学问。"商"，通"章"。引申为诗文篇章、诗章、文章等，荀子说这些都是"太师之事"，当然也是书馆之事。心涌"书馆贵文商"的诗赞：

诗文当激扬③，书馆贵文商④。
来去四方客，佛影天中央。

---

① 终南：终南山。位于陕西省境内秦岭山脉中段，古城长安（西安）之南，"寿比南山""终南捷径"等典故的诞生地，是中国重要的地理标志。
②《老子·一章》："道，可道，非常道。"
③ 毛泽东《沁园春·长沙》："指点江山，激扬文字，粪土当年万户侯。"
④《荀子·王制》："审诗商，禁淫声，以时顺修，使夷俗邪音不敢乱雅，太师之事也。"商，通"章"。引申为诗文的篇章、诗章、文章等。

归山 ｜ 2024年5月3日

致友人

四月素雪霞如玉，五月红花天犹蓝。
晴空雁声排阵远，文木老心可归山。

文章江山枪与诗（二首）

致友人

01　戎与祀 ｜ 2024年5月11日

文章千古事，江山枪与诗。
文集[①]可对天，国事戎与祀。

02　滇池念 ｜ 2024年8月12日

滇水水真兮，彩云之南。

南国英树兮，屈子问天。

滇池落日兮，碎金片片。

逆光梦幻兮，思绪绵绵。

木桥鲜花兮，石路少年。

轻吟离骚兮，童趣栏栅。

---

① 文集：《张文木战略文集》，2020年由山东人民出版社出版。

秋红花影兮，夕阳人远。
乘风北归兮，滇池念念！

长沟受邀讲课有感 ┃ 2024年5月28日

　　　　经常接受东方地球物理公司中国石油国际化
人才培训中心北京房山长沟培训基地邀请讲课。
时而久之，与那里的学员和工作人员渐有感情。
过两天又要见到他们，动情赋诗：

心仪授课在长沟，长沟不长心路久。
东风高起九万里，徐徐落花一杯酒。

太原行

　　　　2024年5月底，来山西太原讲战略课，又会
新友，互赠新书，如回故乡。话别时尽显不舍之
情，回家后更是回忆动情。赋诗以记：

01　不舍太原情并答友战略问 ┃ 2024年5月
31日上午

汾水白云故乡梦，诗书漫卷会友朋。
风云纵论战略事，鼓角灯前画远程。
秋花春树燕高栖，乔木繁花事业盛。

晋人难忘李克用，变世胜计在连城①。

02　三晋险雄皆同志 ｜ 2024年6月5日
致友人

三晋险雄皆同志，战略情报歌与诗。
与尔漫步汾水边，大风②文章会有时。

03　三晋五车载河山 ｜ 2024年6月10日端午节

朝闻道兮人自远③，人选大者④国自安。
风云老泪太原诗⑤，三晋五车载河山。⑥

---

① 连城：出自清人严遂成《三垂冈》。1962年，此时中国社会主义处在"雪压冬云白絮飞，万花纷谢一时稀"的境地，12月22日，毛泽东默录此诗。1964年12月29日，毛泽东再次手录严遂成《三垂冈》一诗，此时中国已经抗住并战胜了帝国主义一百多年的飞扬跋扈和软硬施压；但中国一面对苏，一面反美，无力单枪匹马地改变世界，只有像当年李克用那样"连城犹拥晋山河"，坚持地区性守成，"深挖洞、广积粮"，不搞世界性扩张，才能"阅尽人间春色"，取得最后的胜利。

② 大风：刘邦《大风歌》。

③ 《论语》："朝闻道，夕死可矣。"《荀子·劝学》："道虽迩，不行不至；事虽小，不为不成。"

④ 大者：国之大者。"各级领导干部特别是高级干部必须立足中华民族伟大复兴战略全局和世界百年未有之大变局，不断提高政治判断力、政治领悟力、政治执行力，心怀'国之大者'，不断提高把握新发展阶段、贯彻新发展理念、构建新发展格局的政治能力、战略眼光、专业水平，敢于担当、善于作为，把党中央决策部署贯彻落实好。"《习近平著作选读》第2卷，人民出版社2023年版，第415页。

⑤ 〔清〕严遂成《三垂冈》："风云帐下奇儿在，鼓角灯前老泪多。"

⑥ 五车，《庄子·天下》："惠施多方，其书五车。"河山，笔者喜欢中国著名历史地理学家史念海先生的《河山集》，收录了史念海先生的绝大部分代表性学术论文。共七集，陆续出版于1963年至1999年间。《河山集》是已故史学大师白寿彝先生命名的，史念海先生十分珍重这一命名。

04 心痛都在抚摸时 | 2024年6月10日端午节

人老常忆少壮事,酒浊茶香三晋诗[①]。
恨别都是爱意生,心痛都在抚摸时。

05 老来最痛柔情处 | 2024年6月10日端午节

少壮人情不世故,四面荆棘又围堵。
大风[②]一吼冲九霄,老来最痛柔情处。

炎帝护三晋 | 2024年6月13日

致友人

天燃霞红漫海,地栽高楼竖琴。
海琴吕梁兄妹,炎帝陵护三晋。

思大统 | 2024年6月16日

致友人

半江瑟瑟半江红,倏忽一梦至老翁。
白发窥镜吟小诗,廉颇牵马思大统。

---

① 三晋诗:刚从太原回来,感慨良多,写了几首诗。
② 大风:刘邦《大风歌》。

朴实无华 ┃ 2024年6月16日
致友人

最美不过是朴素，朱艳艳极是无华。
清风都在破晓起，落日归处是红霞。

品荷观雨悟人生 ┃ 2024年6月16日
读西安友人荷花摄影

长安最忆芙蓉园，荷花亭立夏雨天。
不看荷叶连天去，细品雨滴水圈圆。
人生学问圈圈里，唐僧大智不出圈。
出圈可怜唐僧肉，圈内唐僧步亦闲。

少年大风吼，老退儿童节 ┃ 2024年6月19日
感动并诗谢北航

今回北航体检，偶遇北航人文学院在读博士，如遇"家乡人"，想到当年的我。2005年我入职北航战略问题研究中心，2020年退休。有意思的是老天给我的退休日期是2020年6月1日。体检后回到我曾经的办公室，看着书架上尘封的书，好像告诉我它们想随我回家。感动之余，我找了几个箱子，搬上一些书，用电瓶车将它们驮回家。看到新人，再看旧书，想到后浪，回家

路上，感慨岁月悠悠。"复归于无极"不敢说，但
"复归于婴儿"①之心早已有之。正是：

夏风高叶舞，北航遇新人。
新人故事多，老读也新闻。②
鼓角催热血，灯下泪痕深。
一命几卷书，国事言直陈。③
言直不谙事，牵绊荆棘沉。
少年大风吼，老退儿童节④。

读友饭香图有感　│　2024年6月23日

看朋友圈晒图，见曾教过的学生与同事久别
重逢，动情诗赞。正是

碗大情深，饭香意长。
那年长沙，科技国防。
莘莘学子，朗朗高堂。

---

① 《老子·二十八章》："知其雄，守其雌，为天下谿。为天下谿，恒德不
离，复归于婴儿。知其白，守其黑，为天下式。为天下式，恒德不忒，复归于
无极。"
② 意思是年轻人昨天的故事，在有童心的老人眼中也是蛮新鲜的。
③ 指《张文木战略文集》出版及内容。我为这套文集写诗表陈出版后的心
情："国事已陈可对天，文章不争自风流。潮起潮落石不动，文也木也春与
秋。"
④ 2020年6月1日，我正式从北京航空航天大学退休，这天正是国际儿童节。

英才纵论，余音绕梁。

殷殷眼神，战略思想，

迷彩如画，誓言铿锵。

光阴荏苒，霞燃蓝疆。

天鹅念 | 2024年6月27日

上海松江某校区雨天散步遇池塘天鹅有感并
致远行北方友人。

天鹅孤影雨连天，曲项呜咽泪咸咸。

驰望那人北地去，天寒人远衣多添。

青涩记忆 | 2024年7月12日

雨中看到红墙小巷，使我想到孩提时的事，
那时大院男女娃娃在一起玩，玩打仗，玩过家
家。其中有一女孩漂亮——名字还记得，玩"过
家家"时我们蓦然对视，顿觉心跳脸红。多年
后，那娃家人到我家提亲，我却刚结婚。后人家
搬家，就断了联系。此事连同孩提时的那次对
视，成为唯美的青涩记忆。正是：

雨打梨花花落泪，此巷此墙可念谁？

不忘孩时童音闹，回眸忽觉颊红绯。

秋红记忆

　　回忆在北京大兴区北藏村永兴缘合作社的一
次学习经历

01　花新枝　│　2024年7月25日

昨日记忆花新枝，又逢西瓜丰收时。
不忘那年云飞龙，梦中满眼扇和诗。

02　春华秋实　│　2024年7月30日

周而复始四季盘，若论美秀是春日。
那年天相龙凤起，回忆都在秋红时。

破晓　│　2024年8月9日

　　致友人

破晓不忍远群星，水墨江山见丹青。
万里江山万里天，昆仑落日东南情。
泪湿东天渐泛红，又闻孤鹜唤友声。
秋凉乘风将去也，喜泣星落万家明。

晓梅　│　2024年9月4日
致友人

黎明看晓梅，曙红染花湿。
秋晚叶落黄，赏梅雪寒时。

第四章

心近是故乡

[家事生活]

一　那年飘雪有承诺

携妻回杭州扫墓感怀 | 2013年9月5日

日暮山色远，灯火湖影近。
秋水逐风起，白鹭声声新。
今携佳人归，重游孤山林。
忆昔峥嵘日，长拜天地亲。

腊八 | 2019年1月13日

又逢腊八，人过花甲。
种豆得豆，种瓜得瓜。

老醋泡蒜，甜酸苦辣。

腊八粥香，五谷配搭。

腊后新岁，爆竹年画。

再添新衣，莫忘桑麻。

送夫人回杭州 | 2019年3月9日

阳春三月回杭州，又逢喜事聚亲友。

白堤飘雨儿时梦，乡音喜酒花满楼。

前方，一定是东方 | 2019年7月30日

献给爱情的不仅是爱，还有太阳、青草和蓝天

　　结婚前，我与媳妇坐在杭州万安桥石阶上，我向她豪迈地说着对未来的誓言，那年我29岁。去读博士前给媳妇描述过我们家明天的"太阳、青草和蓝天"，那年我37岁。当时的蓝图现在都超额实现了。读硕士，我从西安到天津，毕业又来到杭州；读博士，我从杭州来到山东，山东大学博士毕业后全家从杭州来到北京。举家迁京前一天晚上，我与媳妇畅谈"昨天，今天，明天"，直到凌晨4点，那年我40岁。这样的经历使我深感有活力的家应是流动的，只有流动的家才会不老。家的流动是有方向的——比如美国我一定是不去的，方向一定是向着光明、向着太阳的，因而一定是沿着历史正确一边前进的。

我已经远行，
顾不上你回眸的温情，
面向滚滚而来的尘暴，
我不退缩，
我知道，
冲过，
就是太阳，
青草
和蓝天；
还有我将回来接你同往的执着。

在一起
我们会重温我曾向你描述的
昨天，
今天，
明天，
还有
那不变誓言！

家是流动的，老家不老，
故乡，是父辈们歇脚的最后一站。

家是流动的，
前方，那是一定的。

前方向东，
东方，是太阳升起的地方。

秋思 | 2019年8月29日

天蓝秋风凉，云低红瓦房。
皇城烟柳远，心近是故乡。

书架登高找书偶感 | 2019年10月12日

登高不望远，满目天下事。
回首闻妻唤，不觉到饭时。

万安桥边是红楼 | 2020年5月24日

最美五月是杭州，三潭印月月似钩①。
西湖细雨孤山影②，万安桥③边是红楼。

---

① 〔唐〕李贺《马诗二十三首·其五》："大漠沙如雪，燕山月似钩。"
② 孤山影：我们一家曾在孤山合影。
③ 我们结婚在杭州市万安桥。

感谢　│　2020年5月24日

送夫人去杭州回来，空影徘徊，想起结婚已
有三十三年，感而慨之，赞之以诗。

相见不虚言，结婚一句话。
闯北不折柳①，走南没送花②。
杭州济南月，北京紫竹茶。
和睦女儿小③，海淀孙女大④。
感恩天和地，感谢你我他。

新年无眠　│　2021年1月2日凌晨3：38

每逢新岁总无眠，不忍割舍每一天。
闭眼回放过往事，闪亮都在平凡间。

晓月青灯　│　2021年1月6日

明月不舍是青灯，读书最好在黎明。
不觉窗前泛红光，抬眼晓月渐西行。

---

① 折柳：古人道别常折柳相赠，以示依依之情。柳，留也。闯北，指北上山
东大学读博。
② 走南：1987年从天津到杭州见面，没有送花。
③ 和睦：1987年到杭州时安家于和睦新村，女儿在这里出生。女儿上小学时
又搬家到翠苑新村。
④ 1997年博士毕业来到北京安家在北京海淀区至今。2018年外孙女在这里出生。

读家人旧照偶感 ｜ 2021年1月16日晚7: 06

好诗都在日子里，真情多随平常过。
少壮爱情多慨慷，老来暖语话不多。

那人 ｜ 2021年1月21日

天地之美是天地，自然之美是自然。
众里轻问那人远，蓦然回首在阑珊。

老陕旧忆 ｜ 2021年3月16日

　　　打小生活在陕西，对老陕骨子里散发出的厚道深有感染。1985年我从临潼离开陕西，经天津到杭州。在杭州生活八年，实在不习惯。1994年到济南山东大学读博士，1997年博士毕业来到北京。离开陕西一晃已四十年了：情歌还是老的好，最忆家乡人老时。赋诗赞曰：

　　老陕吃饭碗称"老"[①]，聊天圪蹴[②]在墙角。

_____

[①] 陕西人称大碗为"老碗"。在陕西农村，人们劳动强度大，干活出力多，吃饭也多，吃饭用老碗盛一次就够了。每到饭时，村头、庄前、树下，男人们就端着大老碗，手里再抓个锅盔馍，蹲在一起，津津有味地边吃饭边拉着话，俗称"老碗会"。
[②] 圪蹴：关中方言，意思是蹲着。

凉皮辣子饸饹面^①，豆浆油条热甑糕^②。

旧城树下烟味呛，田间村头黑棉袄^③。

忽闻秦腔锣鼓响，秦音高亢人厚道。

念杭州　｜　2022年4月7日寅时

高树隐明月，灯火四月花。

云低风不响，楼影星河挂。

拂晓钟声近，南屏梦入画。

杭州故人好，清明问桑麻。

西湖望月　｜　2023年1月25日年初四

那年飘雪有承诺，西湖明月可寄托。

---

① 饸饹是我国传统面食，主要流行于北方，这种面食的制作材料多样，包括荞麦面、高粱面等，通过饸饹床子的漏孔挤压出来，形成较粗的面条。食用时，通常搭配各种卤汁或汤料，是一种受欢迎的传统美食。

② 甑糕是西安清真传统风味小吃。用糯米、红枣或蜜枣蒸制而成。

③ 黑色有厚重的味道。陕西人偏爱黑色古已有之。笔者1979年考入西北大学，此前就听人说西北大学是"黑棉袄学校"。入校果然。课间休息满眼晃动着一群群黑棉袄。白寿彝等认为"秦汉时区分衣之尊卑的标志主要有三：一是服色。秦人尚黑。汉初尚赤。汉武帝时正服色，色尚黄。东汉则尚赤"。白寿彝、廖德清、施丁主编：《中国通史》第4卷，上海人民出版社2015年，第1415页。

翠苑和睦万安桥①，山东北京大风歌②。

住院有感"半边天"
—— 甲流第三天，住院，成都

2023年3月12日，于成都西部战区总医院

男人强大时
心里的媳妇是老婆，
男人脆弱时
心里的媳妇便是娘。

好男人
是时代的先锋，
好女人
是好男人的托底。

轻视女性的人无异于
文盲
—— 文盲不认为自己会
软弱。

---

① 翠苑和睦万安桥：1987年我们在杭州万安桥结婚，落户在和睦新村，后搬到翠苑新村直至1997年，这年我们举家迁到北京。
② 山东北京大风歌：1994年我考入山东大学读博士研究生，1997年我工作分配到北京。大风歌，汉朝开国皇帝刘邦曾写气势磅礴的《大风歌》。此指我到北京后在国家安全领域做出的学术成绩。

善待女性的人已有
佛心
——佛心基于五谷杂粮！

时代的可悲之处在于
男性开始"躺平"，
女性却必须担当
——既是先锋又是托底！

昨天说好的
只是
半边天，
现在女性却成了天的
全部！

听禅心语 ｜ 2023年11月20日

清晨点香观清雾，淡看人情和世故。
红茶一杯禅音起，深谢媳妇和父母。

生命的尊严 ｜ 2024年2月8日

晚大风，想到目前美国要给世界带来的大灾
难，触景生情，想到从杭州到北京，一路走来，
正是：

不管你喜不喜欢；

不管你理解不理解。

在尘暴来临之前，

我必须把你带到

彼岸！

必须！

……

为什么？没有为什么，

这是杭州万安桥上

的承诺①，

而不是交换。

一句话，一辈子；

一杯酒，一生情！

昨天

年轻，

花甲过后，依然是

青年！

……

一生还一生，还的是

生命，

也是生命的

---

① 结婚前，我与媳妇坐在杭州葵巷万安桥石阶上，我向她诉说着对未来的憧憬，那年我29岁。

尊严!
尊严不在人事前，
事久荣毁自可断。

二　佛赐天女落我家

她的来 | 2020年初
　　为宝宝出生作

她未动声色，
世界已为她动容。
春天来了，
那是她眼中的清纯；
她来了，
那是十月的秋天。
她不知世界只知母亲，
对母亲和全家来说，
她就是世界。

隔代亲 | 2020年2月4日

身后千年事，眼前隔代亲。
万里海不动，怀中声声新。

我家宝宝好 ｜ 2020年7月26日

我家宝宝好，睡觉香又甜。
气息如赤子，睡态若天仙。
醒来风采飞，微笑好灿烂。
汤圆娃娃美，姥爷最喜欢。

夜半醉诗 ｜ 2020年9月15日

酒醉眼扑朔，身轻心分离。
自问身为何，心飘古诗意①。
夜半鹤飞远，轻鼾外孙女。
沉沉渐入梦，蝶恋花满蹊。②

夜半想娃 ｜ 2020年9月19日

我家宝宝好，见我如鹊起。
扑扑要姥爷，不抱不由你。
抱怀心酥酥，又听喃喃语。

---

① 〔宋〕陆游《剑门道中遇微雨》："此身合是诗人未？细雨骑驴入剑门。"
② 〔唐〕杜甫《江畔独步寻花·其六》："黄四娘家花满蹊，千朵万朵压枝低。留连戏蝶时时舞，自在娇莺恰恰啼。"刚从汉中回来，还是在汉中看到的蝴蝶恋花扑扑的美好回忆。

心想宝宝大，还她早教育。

不为娃好玩，只念娃福气。

心常想萧红①，识字可救急。

我娃持笔凤凰起　|　2020年10月19日晨7：36
　　　为我家宝宝生日作

　　　　　　　　昨天宝宝生日，家人从俗抓周，眼前最近的
　　　　　　算盘、压岁钱不选，宝宝只要旁边的那支笔。看
　　　　　　了心热，虽知是游戏，仍赋诗以赞：

不爱算盘不看钱，我娃抓笔心乾乾②。

仓颉造字凤凰飞③，有字才有司马迁。

耄耋杨绛④一支笔，文字人生可走远。

我娃持笔凤凰起，姥爷见了心喜欢。

---

① 萧红（1911—1942），中国近现代女作家。
② 心乾乾：敬慎貌。《文选·张衡》："勤屡省，懋乾乾。" 薛综注："乾
乾，敬也。"
③ 仓颉造字，中国古代神话传说之一。"后人不忘仓颉造字的功劳，把仓颉
造字的高台起名叫'凤凰衔书台'。宋朝人还在这里建了寺，筑了塔，人称
'凤台寺'。"张振犁编著：《中原神话通鉴》第2卷，河南大学出版社2017
年版，第654页。
④ 杨绛（1911—2016），江苏无锡人，中国现代作家、文学翻译家、外国
文学研究家。

我家娃 | 2020年11月11日

我家宝宝我家娃，天女撒下一朵花。
颦眉扑朔喃喃语，本性爱笔[1]自涂鸦。

心弦 | 2021年2月15日大年初四

近年春晚不再看，散步常听可可曲[2]。
夜半无眠星满天，可拨心弦外孙女。

夜半 | 2021年3月25日

夜半视频看宝宝，方知天籁是童声。
虽经沧海难为水，最爱牙牙[3]学语人。

夜半醉眼是宝宝，来也去也皆倩影。
童声嘤嘤天籁音，童颜清纯大眼睛。

---

① 本性爱笔：宝宝一岁生日那天抓周，眼前最近的算盘、压岁钱及花布等不选，只抓钱旁边的那支笔。
② 可可曲，指歌曲《可可托海的牧羊人》。
③〔唐〕司空图《障车文》："二女则牙牙学语，五男则雁雁成行。"

姥爷心柔夜半时 | 2021年3月26日

寻寻觅觅不足道，心向大材可对天。
夜半醉心看宝宝，红裳款款惹人怜。

情动写诗给宝宝，姥爷心柔夜半时。
红云款款春意暖，不忘东海儿孙事。

大道不必看直曲，东海终归是天意。
红雨西北功成路，天道多由东南起。①

知语 | 2021年4月

宋人智昭编撰《人天眼目释读》有"高提祖印当机用，利物应知语带悲"②句。"祖印"是"祖师心印"的简称，是禅宗祖师通过心心相印之方式传承的禅法。机，指事物性质转化的关键，如"相机行事"。笔者理解，第一句讲的是具体情况具体分析的道理，即使佛说的话，也不能教条理解，要因时因地地领会和运用。第二句的关键词是"知语"，意思是：说好事当从难处开始，喜事当从悲处开篇。"慈"是通过"悲"来认识和推动的，"知语"就是说要学会用辩证

---

① 〔汉〕司马迁："夫作事者必于东南，收功实者常于西北。"
② 〔宋〕智昭编撰，尚之煜释读：《人天眼目释读》，上海古籍出版社2020年版，第34页。

即"反者道之动"的思维方式来表达和判断世间的事物。我家宝宝由此得名，告之我后深觉大有学问，大为赞同。赋诗以赞：

佛赐我宝宝，官名叫"知语"。
心懂姥爷问，嘤嘤天籁曲。
天籁参辩证，悟透悲与喜。
反者藏天道[①]，好名蕴天机。

夜半诗忆 ｜ 2021年5月8日星期六

飒爽英姿五尺仗，夜半最忆宝宝样。
童声喃喃耳畔起，姥爷心醉回梦乡。

六一寄语（三首） ｜ 2021年6月1日

01

每逢六一不觉老，只因我家添宝宝。
姥爷笔下兵戎事，只为闭眼我娃好。

02

六一姥爷最动情，不忍娃大不太平。

---

① "反者道之动；弱者道之用。"陈鼓应译注：《老子今注今译》，商务印书馆2003年版，第226页。

发展亦非绘画事，残阳如血人方醒。
03

姥爷不怕战与争，只怕我娃未长成。
打仗最难是女娃，姥爷爱兵为和平。

白山春风　｜ 2021年6月
　　为我家宝宝第一幅山水画诗赞

白山春风渡，树拂沙无尘。
不敢高声语，恐惊山里人。

梦幻不输毕加索　｜ 2021年6月12日
　　读宝宝新作有感

宝宝绘画观其妙[①]，百变世界融线条。
梦幻不输毕加索，不忍罢笔似梵高。

宝宝不惊　｜ 2021年7月3日3：03

窗外大雨滂沱，夜半风号人醒。
云低雷鸣电闪，祷告宝宝不惊。

---

① 《老子·一章》："故常无，欲以观其妙。"

佛赐 | 2021年7月19日
夜读宝宝照片有感

镜中最爱是我娃，佛赐天女落我家。
夜深耳畔喃喃音，心近东海看落霞。

赤子可与天直达 | 2021年7月25日
读宝宝天坛望天照片有感

天坛问天是我娃，赤子可与天直达。
童心不识皇帝装，信步向前走天下。

女娃最需是和平 | 2021年9月24日

最爱我家是宝宝，姥爷独语夜半醒。
宝宝此刻在酣睡，姥爷此时醉动情。
视频宝宝身段软，音乐款款舞步轻。
明知情深会受伤，人老爱娃是天性。
明天姥爷要出差，不惊宝宝话语轻。
我娃我娃姥爷在，睡觉不要受惊恐。
姥爷想活两百岁，护我宝娃好人生。
国安家安娃平安，娃娃最需是和平。

为宝宝打阳伞视频作 ｜ 2021年8月2日

清凉伞上无风雨，清凉伞下四寻觅。
耳边尽是知了声，低头茫茫是大地。
忽觉浅影不分离，徘徊细问妹或弟？^①
抬眼欢喜向前走，形影恋恋情依依。

佛花落我家 ｜ 2021年9月12日

凌晨不想睡，眼中都是娃。
娃坐有气象，冷眼天不大。
双眸若春水，盘坐观天下。
问佛那神态，佛说坐莲花。
逢十可进一，双九是十八^②。
佛祖不再问，玉于我家娃。
天亮掐指算，十月两岁啦。
我家娃真好，佛花落我家。

念娃 ｜ 2021年9月28日

夜半醉念是我娃，娃舞翩跹有旋律。

---

① 孩子太小，没有影子的概念，但有弟妹的概念。她不知影子为何，又总跟着自己，就问影子是弟弟还是妹妹？
② 宝宝生日是十月十八日。

蒙眬醉眼朦胧月，昨晚回京星已稀。

醉念我家宝宝好，姥爷抱娃在梦里。

宝宝不怕姥爷醉，再醉宝宝是第一。

夜半 ｜ 2021年9月30日

夜半视频看宝宝，童影最摄姥爷痴。

宝娃舞影声喃喃，窗外雷响浑不知。

我娃识字 ｜ 2021年10月27日

我娃识字蒙童时，心如白纸印字词。

他日朗朗文章出，白鸥浩荡天地诗。

北窗树花小写意 ｜ 2021年11月27日

　　　　外孙女家北窗的树影很美，如宫廷工笔花卉，赋诗以赞，正是：

北窗树花小写意，羡慕我娃黄知语[①]。

---

① 黄知语：外孙女官名。

诗圣夸尽黄家花^①，我恋娇莺恰恰啼^②。

我爱我娃 ｜ 2021年12月9日

我爱我娃，我爱我娃。
我娃可诗，我娃可画。
姥爷会教，我娃听话。
佛说天女，天女如花。

带娃歌 ｜ 2022年1月29日

有酒好读诗，夜半心松弛。
白天身心分，老少频唤使。
娃跑影扑朔，我追眼迷离。
带娃事在远，游戏连字识。
日落身疲惫，月起散步时。
歌老忆旧事，月圆庄梦^③诗。

---

① 诗圣，杜甫。〔唐〕杜甫《江畔独步寻花》："黄四娘家花满蹊，千朵万
朵压枝低。留连戏蝶时时舞，自在娇莺恰恰啼。"
② 娇莺，喻刚过两岁的宝宝。恰恰啼，喻惹人爱恋的宝宝牙牙学语状。
③ 庄梦，即庄周梦蝶的故事。〔唐〕李中《暮春吟怀寄姚端先辈》："庄梦
断时灯欲烬，蜀魂啼处酒初醒。"

夜半诗梦是花莲 ｜ 2022年3月27日寅时

读诗掩卷梦花如海，浩荡长风红旗指天。
黄沙蔽日宝剑如雪，陆翁细驴冰河①花莲②。
夜诗昼文外孙多情，扑扑要抱姥爷爱怜。
夜半忽听喃喃细语，侧目我娃鼾声甜甜。
开卷扪心时代正好，红日旭旭东海白帆。

心不老 ｜ 2022年4月25日

最爱我家是宝宝，夜半视频童声好。
我娃形影声甜美，醉眼迷离心不老。

我娃指天 ｜ 2022年8月20日

我娃指天大步走，儿歌童话春与秋。
不知三皇五帝事，童心哪有万古愁。

① "冰河"意境出自南宋爱国诗人陆游《十一月四日风雨大作》："僵卧孤村不自哀，尚思为国戍轮台。夜阑卧听风吹雨，铁马冰河入梦来。"
② 花莲：台湾东岸深港，战略地位极为重要。

三　念念高堂远

夜半念远 │ 2020年7月12日凌晨4:31

> 夜半梦醒披衣起坐，窗外电闪雷鸣，簌簌雨急。西望长安，感慨赋诗。

灯火阑珊游人稀，寻寻觅觅在梦里。
唤声凄凄回音远，不知那人^①是自己。
耳畔隆隆雷声滚，醉眼晃晃闪电急。
回望西安八仙庵^②，长思慈母舐犊意。

问春秋 │ 2020年7月14日

> 惊闻母亲病危，远在北京，无法陪伴，心急如焚。

落叶簌簌暑热去，夏蝉声声秋凉来。
高卧方知天旋转，西望长安花不开。
欲乘白鹤至天竺，再请观音自东海。
叩问天地可逆转？祈祷高堂春还在？^③

---

① 〔宋〕辛弃疾《青玉案·元夕》："众里寻他千百度。蓦然回首，那人却在，灯火阑珊处。"
② 八仙庵，位于西安长乐坊，著名的道教观院，传说吕洞宾遇汉钟离点拨成道之处。笔者青少年时代家住八仙庵附近。
③ 2020年8月27日19点33分母亲去世，写诗时已知母亲生命临终，此处祈祷母亲能过上一个新年。

长安梦忆 ┃ 2020年8月12日晨

闻娘病重，回西安路上心忧思乱。

夜半梦惊魂，不知身何处。
忽觉在北京，细听妻女诉。
又觉在西安，耳边母亲呼。
东奔妻叮咛，西忙娘托付。
妻嘱莫急归，娘说心有数。
陪娘唠家事，娘忆儿时苦。
省吃为儿长，省用为家补。
看儿都长成，为母最幸福。
知儿有成绩，为母最满足。
我说儿长大，不易是父母。
感恩一口饭，远游无虚度。
梦醒泪涟涟，窗外长安路。
知母在身边，甜入旧梦图。

四世同堂颂和平 ┃ 2020年8月16日凌晨

西安上有老，北京下有小。
老小赤子情，尽入我诗稿。
上老下配小，汉字称为孝。
花甲幸福事，上下都是宝。

外孙女甜美，娘看视频笑。

娘笑最灿烂，看娃乐陶陶。

给娃压岁钱，欢喜上眉梢。

四世同堂乐，珍惜和平好。

祈祷 | 2020年8月27日凌晨4: 43

闻母病危①，一夜无眠并问佛

> 我一辈子没怎么听母亲的话，但到老来，还是感觉到了母亲的伟大。母亲晚年赞扬党的政策好，赞扬我们赶上了好时代，前天还说"好着呢"，不让我担心，不失解放军的本色：干净，自尊，坚强！

夜半梦惊醒，怜母身煎熬。

长安钟声远，破晓或阴曹。

貌合神在离，神离形在销。

形销真痛苦，苦后或逍遥。

儿哭路迢迢，泪飞心祈祷。

祈祷时不移，长夜不破晓。

祈祷娘不远，再陪父一遭。

我娘真善良，祈祷佛佑保。

---

① 记得这天晚上我有课。课前得到护理院发来的母亲病危通知，进入课堂后关机。课毕开机，短信得知，娘去世，去世时间是2020年8月27日19时33分。一夜无眠。此后常夜半自酌独坐，竟成习惯。

我娘最坚强，啥时都说好。

我娘真勤劳，祈祷佛知道。

问佛可听见，阴阳门在敲。

蓦然天已明，祥云东天烧。

一夜人无眠，醉酒可入觉。

梦里家门空，暖回娘怀抱。

鹤来归去 ｜ 2020年8月28日晨4：03

> 母亲昨晚19点33分去世。噩耗传来，心痛如割，男儿有泪不失声。夜半披衣，诗以心语。

昨晚仙鹤来，翩跹落长安。

接娘去西土，七点三十三。

走前娘嘱人，不必再探看。

走时娘安详，入睡很坦然。

走时娘干净，沐浴新衣换。

走时亲人在，嘱我心可宽。

爹走有托付，娘事当为先。

告爹佛慈悲，大化娘福安。

浩渺斯宇宙，鹤影渐去远。

娘去儿空空，夜半泪涟涟。

报平安 │ 2020年9月1日，乘西安动车G26回京

每次回家报平安，这次拨通回音远。
茫然追忆昨日事，知娘已入凤栖山[①]。

梦思母亲 │ 2020年9月4日

梦中母亲来，音容如大潮。
披衣望东天，东天未破晓。
铺纸亦涂鸦，人老事未了。
阴阳迷离醉，不忍妻操劳。
醉眼父母近，回看孙女娇。
我疼妻人美，现世当活好。
还有国事大，统一可尽早。
风兮妈去远，问酒剩多少？

天地一佛影 │ 2020年9月27日午夜

昔人驾鹤去，我心亦飘零。
孤影夜斜墙，醉眼也半醒。
向天问母亲，可有事托梦？
向天告父亲，再见到清明。

───────────────

① 凤栖山：位于秦岭北麓，是西安较大的公共墓园，父母安息地。

浏览朋友圈，点赞寄深情。

人醉脚步乱，不乱是佛境。

我说人随缘，佛语事顺性。

随缘不任性，天地一佛影。

星月思念　｜　2020年10月6日凌晨3：47

> 中秋星月联袂闪亮，夜半推轩望天，触发思
> 念。再看孩时靠在父母怀中的合影，眼湿润。诗
> 以抒怀。

推轩见星月，把酒向南天。

星亮月亦明，已知父母安。

星月不分离，又知天国念。

父母化星月，为儿心恋恋。

妈问儿可好？我报常失眠。

爸说学问事，我报莫挂牵。

儿叩父母恩，无愧在地天。

只见星闪闪，再看月灿灿。

星月喜西移，将回凤栖山。

不觉夜已深，孤影书相伴。

家祭文　|　2020年11月10日晨7：43

　　　　　2008年父亲去世，2020年母亲去世。夜半
　　　　披衣静坐，想到陆游家祭诗，想到《张文木战略
　　　　文集》出版事，可慰父母。

父亲入三秦，母亲出湖南。

开天秦始皇，辟地曾国藩。

少年报国酒，花甲杯已干。

昔年锵锵声，文集可告天。

东海闻狼嚎，廉颇尚可饭。

立言事可慰，还等军功年。

生死不足论，鸿毛和泰山。

诗酒颂湘秦　|　2020年12月28日晨9：27

酒醉在夜半，赋诗颂湘秦。

夜半醉迷离，最美父母亲。

母亲湖南人①，桃江人美俊。

母亲从军早，家有岳麓音②。

---

① 母亲名王聘英，籍贯湖南益阳。1933年3月8日生于湖南益阳桃江县，
1951年3月10日参加中国人民解放军，与父亲结婚后又调至西安铁路局工作至
退休。2020年8月27日19时33分，母亲因病逝世，享年87岁。
② 岳麓音：岳麓书院的经世致用的品格，也指家有湖南音。

父亲教书忙[1]，传我是秦心。
祖龙魂犹在[2]，润之天地新。

我将无我随润之 ｜ 2021年3月20日
长沙回来有感

最念长沙是母亲，不忘板仓雨语时。
梦陪开慧看台湾，我将无我随润之。

八一心语 ｜ 2021年8月1日

> 八一节，想母亲。母亲18岁（1951年）参加中国人民解放军。复员后作铁路工人，87岁去世。

可诗可酒可高歌，长忆母亲爱祖国。
母亲戎装载天道[3]，八一军绿儿不脱。

---

① 父亲名张夫，籍贯陕西西安。1933年2月25日生，1954年西北大学中文系毕业分配至西安三中任教终生。2008年11月16日去世。
② "劝君少骂秦始皇，焚坑事业要商量。祖龙魂死秦犹在，孔学名高实秕糠。"毛泽东：《七律·读〈封建论〉呈郭老》（1973年8月5日），吴正裕主编：《毛泽东诗词全编鉴赏》，中央文献出版社2003年版，第660页。祖龙，即秦始皇。
③ 我母亲1951年3月参加中国人民解放军，编入西北军区。

花甲紫竹情 | 2021年10月27日

01

花甲语痴痴，顿悟正午时。
天竺菩提梦，觉悟老不迟。

02

午时高阳暖，人老多瞌睡。
入梦年少时，父亲唤望回①。

张家弟妹好

01 谢意深 | 2022年4月17日

张家弟妹好，文木修福多。
心存谢意深，文集可言说。
念念高堂远，感恩是佛陀。
父母天地事，弟妹可拜托。
弟弟走得早，哥老心失落。
浮生多踉跄，生死为中国。

---

① 望回：我的小名。

02 乡思 ｜ 2024年1月16日

雨斜湿地天，泪老多思念。

长安弟妹好，梦回凤栖山。

父母西归去，儿辈已互搀。

少年时光美，倏忽至晚年。

寄往天堂的诗 ｜ 2022年11月23日

写给父亲和母亲

> 每年在父母亲去世的月份，醉且哭，悟出了
> 许多事，好像家都是这样……

01

父亲，

父亲，

我小时见你有几次

酩酊大醉！

为什么喝酒？

到你当时的年龄，我才知道

你有很多无奈：

大局，

大局！

有了这个大局，才有

你儿子今天的成绩！
谢谢父亲，
谢谢爸爸。
儿子
到这个年纪，
懂了！

02

父亲，你走得早，
我对我妈也要好，
这是你的叮嘱，
也是我的使命。
妈一直"不爱"我，
那是因为：
佛爱我。
佛说"慈悲为本"①，真理是从反面推送
的②，
我懂了：

---

① 慈是辩证即承认对立面反作用促成的爱，高于单纯（片面）的爱；悲不是
恨，而是给对象留有觉悟空间因而是能动的悲。对于不觉悟者只悲无恨，故曰
"慈悲为本"。许嘉璐主编：《二十四史全译·南齐书》，汉语大词典出版社
2004年版，第733页。
② 黑格尔说："人性本恶这一基督教的教义，比其他教义说人性本善要高明
些。因此，应该依据这一教义的哲学上解释来把握它。"［德］黑格尔：《法
哲学原理》，商务印书馆1961年版，第28-29页。

妈就是
佛!
妈,就是
佛。
佛慈不爱!
妈最爱我的是,
临终前的两年,因为她
看到了儿子的成绩没有辜负
她的
期望!
谢谢母亲!
谢谢妈妈!
花甲之后,儿才
认识到
母亲,
母亲,
母亲
母亲
母亲!
九五至尊,
母慈不爱。

03

妈走了,

使命在，

一代接一代，

前进，

前进，

再前进！

前进才是

张家的，

也是祖国的，

主题！

人立有位，

人跪为傀！

儿知道！

儿知道！

妈，

儿知道。

04

儿最终也要走，

儿也要走，

但

不会只留下，

莫名其妙的

往事如风，也不会只是

莫名其妙的

无问西东。
而是，伟大的
中国！
中国！
中国！
中国！
中国！
伟大的
中国！

忆西安八仙庵并感念父母大恩 ｜ 2024年10月6日

　　八仙庵，位于西安长乐坊，著名的道教观院，传说吕洞宾遇汉钟离点拨成道之处。笔者青少年时代生活于此庵附近，儿时也常去八仙庵玩耍。人老了就常忆儿时情景，少不了要想八仙庵旧时的石龟、碑林、夕阳、老树、昏鸦，及庵中道人们给我们讲故事的情景。八仙庵玩完后回家，由此也就想到回家后的场景。念父母。正是：

少出灞桥老出关①，皇城文章花甲年。

---

① 出灞桥，指出西安，下乡到大荔县；出关，关，潼关，此指出陕西省。1985年始，我离开陕西到天津、杭州、山东，最后落家到北京。

清酒月影寒风动，梦回儿时八仙庵。①

记忆庵里石龟多，龟驮碑林文字繁。
晌午大灶杠子馍②，白须道士香炉烟。

不觉夕照影飘红，槐花树下童声乱。
夜幕催娃早回家，母唤洗手吃晚饭。

槐花麦饭几滴油，苦时娃娃记忆远。
饭后夜来花香开，夏日铺席睡小院。

睡前望天数星星，父亲教我古圣贤。
父亲抱我说太宗，"取法于上"③最经典。
一词一语少年心，取法于下不再谈。

不觉入梦长睡去，拂晓又见灯窗前。
窗前父亲唱书④忙，教儿一生不偷懒。

---

① 记得八仙庵有一道人，是我小学六年级同学的大伯。他大伯曾告诉这个同学说：你要跟文木好，这孩子将来会有出息。这个同学与我常在一起玩，形影不离：我常与他去放羊，"赢三角"（折叠成三角形的烟盒纸，），后来他把他大伯的话告诉了我。这话我记了一辈子。
② 晌午，正午。大灶，集体食堂。杠子馍，这是陕西馒头特殊做法。出锅时馒头长如杠子，分切而食。
③ 唐李世民作《帝范》赐太子："夫取法于上，仅得其中；取法于中，故其为下。"《帝范·臣轨》，中州古籍出版社1994年版，第36页。
④ 20世纪50年代那辈人读书是有一定乐律的唱读。

一日之计在于晨，清晨读书心致远。
父亲赐我文木①名，小名望回回也贤。②

大哉慈父考虑远，大恩慈母一口饭
今老常忆父亲茶，茶香可入凤栖山③?

①父亲为我取的学名"文木"出自《庄子·人间世》，庄子在这篇文章中将
树木分为"文木"和"散木"。文木是有用之木，散木是无用之木。前者因其
有用而夭于斧斤，后者因其无用而颐养天年。有人认为庄子在赞扬散木。我以
为庄子的本意是"有为"与"无为"的统一。由于现实社会太强调有为，庄子
才强调无为的好处。父亲取名时说：人还是要有所作为的。
②颜回是孔子最得意的弟子。《论语·雍也》说他"一箪食，一瓢饮，在
陋巷，人不堪其忧，回也不改其乐"。孔子说："贤哉，回也。"（《雍
也》）。父亲为我取小名"望回"，望，比也；回，颜回也。
③凤栖山：西安市凤栖山位于秦岭北麓，是西安较大的公共墓园，父母安息
地。

第五章

花甲懂事悔蹉跎

[退休思与想]

延安情 | 2019年10月27日

地偏心自远，思念是延安。
蓝天大明镜，咆哮壶口①宽。
纯朴民风长，围坐有搅团②。
京腔儿音轻，秦声不周旋。

冬至祝福 | 2019年12月22日

阳气冬至起，春潮深土来。

① 壶口瀑布东濒山西省临汾市吉县壶口镇，西临陕西省延安市宜川县壶口镇。壶口瀑布是中国第二大瀑布，世界上最大的黄色瀑布。黄河奔流至此，两岸石壁峭立，河口收束狭如壶口，故名壶口瀑布。瀑布上游黄河水面宽300米，在不到500米长距离内，被压缩到20—30米的宽度。河水从20多米高的陡崖上倾注而泻，形成"千里黄河一壶收"的气概。
② 搅团为西北特色食品。

早做耕耘事，新岁福自在。

北京遇大雪读图有感 ｜ 2020年1月6日

北国雪如诗，江南雪如画。
思慕荔枝甜，不舍是白塔。
风雪红墙远，心近在青瓦。
青瓦小屋暖，天寒早回家。

晨读 ｜ 2020年1月21日

窗外晓月窗内灯，春日将至晨星冷。
天地不废耕耘事，开轩喜见东方红。

悔蹉跎 ｜ 2020年10月14日晨5：08

夜坐不舍半壁书，不舍有些书没读。
花甲懂事悔蹉跎，问佛续命度我族。①

---

① 最后一句的意思是：请上天再给我一次生命让我可以为中华民族伟大复兴
多做些事。

痴老 ｜ 2021年3月28日凌晨3：05

披衣夜半时，独坐老痴痴。
灯黄不见酒，茶浊赋清诗。

闭月 ｜ 2021年3月28日

月色何潋滟，美幻铺地天。
春树闭月迟，花羞半遮面。

幻美 ｜ 2021年3月28日

诗罢再睡，神仙可谓。
灯熄蹒跚，梦境幻美。

退休节奏 ｜ 2021年4月11日晨7：35

昼思饮茶，夜读品酒。
微醉倒睡，乏困即休。
出远无差，回如云游。[①]
行道[②]家国，应者神州。

---

① 出门受邀，自己没有工作任务，回程由自己定时间。
② 行道：全国各地受邀讲课。

忙闲在我，退休节奏。

夏梦北航 ｜ 2021年6月7日

退休后去北航的次数大为减少。午休起来，读朋友圈有久违的北航校园美景，触景生情，诗以记之。

竹杖芒鞋走八方，最忆绿水是北航。
浅浅荷影风摇动，夏梦轻逐黑鸳鸯。

夏花吟 ｜ 2021年6月28日

秋近灿灿夏花，叶落依然贵华。
不甘低头作土，挺拔直面云霞。

不忍琵琶声 ｜ 2021年7月12日

晚听濮存昕朗诵的《琵琶行》，很感人，泪下，正是：

老泪何纵横！老泪何盈盈！
不见琵琶女，又听《琵琶行》。
琵琶声声诉，闻者心冷冷。
心寒鹤影远，情苦灯昏明。

酒梦花似海，人梦《琵琶行》。
梦醒再呼酒，弦断空空影。

西北大学杂忆 ｜ 2021年8月1日

本是老秦人，寻道早远行。
少年读书杂，大学业不精①。
说话秦音重，人前脚步轻②。
冬寒窗积雪，夏暑灯下影。
面北读论语，终南③道德经。
基础有马列，学问老始成④。
闭目人生路，感谢毛泽东。

案头月饼思念长 ｜ 2021年9月20日

中秋节至秋叶黄，案头月饼思念长。
情长不辞意短时⑤，最忆少年说思想。

---

① 我1979—1983年间在西北大学读外语系，那时学问浅。
② 意指谨言慎行，如履薄冰。
③ 终南：终南山。
④ 借用陆游"古人学问无遗力，少壮工夫老始成"。
⑤ 情长，指友谊。意短，指有不同看法和意见分歧。本句意即友谊并不回避
矛盾。

忆仙湖茶馆品茶 | 2021年9月30日

人生如棋几回博[①]，粗茶淡饭从容过。
忽有一日去仙湖[②]，陈茶[③]醉人夜灯火。

读女儿郊游摄影有感 | 2021年10月17日

清秋古道游人闲，天高屋低闻炊烟。
老树亭榭千年事，抬眼莲花佛迎面。

梦红是画忆 | 2021年10月20日，紫竹院

残花横秋池，西风芦苇低。
高阳荷影重，影动鸭飞疾。
独坐天暖暖，独语事不急。
天老人有情，人老天不弃。
水静荷叶红，梦红是画忆。

[①] 博：博弈。《论语·阳货》："不有博弈者乎。"刘俊田、林松、禹克坤
译注：《四书全译》，贵州人民出版社1988年版，第311页。
[②] 仙湖：茶馆名"仙湖茶馆"，位于深圳市罗湖区红莲一路仙湖植物园内。
[③] 陈茶：茶馆店主姓陈，一语双关。

紫竹阳光好 | 2021年10月26日14：34

紫竹阳光好，荷残不觉秋。
忽闻童喃喃，又见新人游。
落木萧萧下，花甲已退休。
老骥卧高台，壮心东海酬。^①

紫竹伤秋 | 2021年11月3日午时

01

一年最恋秋红美，紫竹垂柳动心扉。
飞鸟扑朔绕古刹，落叶簌簌老树泪。

02

秋日淡淡树影长，荷影斜斜脱霓裳。
蒙童嘤嘤戏秋水，树老叶残落泪黄。

03

少忙不想老时闲，老闲最忆长安恋。
古城旧墙青砖厚，抬头秋月一片天。

---

① 〔三国〕曹操《龟虽寿》："老骥伏枥，志在千里。烈士暮年，壮心不已。"

紫竹院品茶 | 2021年11月5日

三两朋友闲，寄情紫竹院。
相聚茗缘阁^①，茶陈后味甜。

岁末散步有感 | 2021年12月13日卯时

风寒万巷空，寂寞花落红。
月下夜归人，灯火窗影动。

冬至 | 2021年12月21日冬至

柴门藏旧书，地心生新木。
冬至阳气回，饺子酒一壶。

幸哉新时代 | 2021年12月27日
夜读唐诗有感

爱读杜审言^②，常苦人生短。

---

① 茗缘阁：茶楼，位于北京紫竹院公园内。
② 杜审言（约645—708），字必简，襄州襄阳（属今湖北襄阳）人，晋征南将军杜预的远裔，"诗圣"杜甫的祖父。

杜诗藏经验①，体悟靠时间。

花甲刚懂事，耄耋路不远。

击水三千里②，人老心无倦。

心系两岸情，家和不等天。

幸哉新时代，贞观③可续年。

微酒夜半偶感　｜　2021年12月28日

微酒夜半披衣时，庄蝶梦幻④读唐诗。

迷离山花白云深，禅屋梵音迎红日。

松门僧影移几处，冬雷回阳气暖湿。

瑞雪佛光凤凰飞，窥镜人老也痴痴。

---

① 藏经验：杜甫早期在凤翔肃宗那里的经历使他对文人从政有了较深的经验。1958年3月7日，毛泽东在成都游览杜甫草堂时，望着陈列在橱内的杜甫诗集说："是政治诗。" 中共中央文献研究室编：《毛泽东年谱（1949——1976）》第3卷，中央文献出版社2013年版，第309页。
② 青年毛泽东有"自信人生二百年，会当水击三千里"的诗句。
③ 贞观，指贞观之治。贞观之治是唐太宗贞观年间出现的政治清明、经济复苏、文化繁荣的治世局面。
④ 指庄周梦蝶的故事。《庄子·齐物论》："昔者庄周梦为胡蝶，栩栩然胡蝶也。自喻适志与！不知周也。俄然觉，则蘧蘧然周也。不知周之梦为胡蝶与，胡蝶之梦为周与？周与胡蝶，则必有分矣。此之谓物化。"

念旧 | 2022年1月12日子时

天寒月清冷，心热念旧朋。
耳畔情歌老，灯影蝴蝶梦。

偶遇提琴被抛作垃圾有感 | 2022年1月30日

今遇被抛琴弦断，琴挺不甘污浊染。
回望昨日倒下人，名利前面双膝软。
颜回粗茶一箪食，虽居陋巷仁也贤。[①]
曲高弦断不入俗，琴犹如此人何堪！

童忆 | 2022年2月15日戌时

残雪灯火万家暖，玉树冰雕寒气暗。
耳畔梁祝旋律美，忽忆儿时元宵甜[②]。

① 颜回是孔子最得意的弟子。孔子称赞他"一箪食，一瓢饮，在陋巷，人
不堪其忧，回也不改其乐"，"贤哉，回也"，"回也，其心三月不违仁"
（《论语·雍也》）。父亲为我取小名"望回"，望，比也；回，颜回也。
② 我血糖高，吃元宵只能是一种儿时甜蜜的回忆。

三月春雪好 ｜ 2022年3月18日

北京喜遇春雪，正是：

三月春雪好，忽来大如席。
恍惚如飞霰，梨花十万里。[①]
红蕾裹素颜，绿叶沾白絮。
如梦仙鹤来，轻舞天和地。

祝福周末人 ｜ 2022年4月10日

清晨禅声远，佛心红日近。
四月花开早，祝福有缘人。

读唐诗 ｜ 2022年4月10日

常读唐诗心远闲，人老忆苦又思甜。
唐诗句短意境美，江春情动入旧年[②]。

---

① 〔唐〕岑参《白雪歌送武判官归京》："北风卷地白草折，胡天八月即飞雪。忽如一夜春风来，千树万树梨花开。"
② 唐人王湾有"海日生残夜，江春入旧年"诗句，笔者反其义用之，表达的意思是新年已到了，可感情还在恋旧，不忍离开过去的一年，怀念着旧年的人和事。

聚会有感　│　2022年4月28日

情长话不多，意短尽虚言。
豪华大场面，多是陌生人。

中午闲步偶感　│　2022年5月15日中午

忽阴忽明五月天，时春时秋心自远。
忘却三皇五帝事，步闲歌老忆少年。

六十有五话平生　│　2022年5月27日生日
夜读孟浩然《送告八从军》[①]有感

"男儿一片气"，夜读孟浩然。
读书虽五车，入幕[②]吾心远。
年少有大志，自信两百年。
跃跃策论心，愈奋愈边缘。
好在人愚钝，问学腰不弯。
花甲退休日，论著可对天。
老来思其故，一生守界边。

---

① 〔唐〕孟浩然《送告八从军》："男儿一片气，何必五车书。好勇方过我，多才便起予。运筹将入幕，养拙就闲居。正待功名遂，从君继两疏。"
② 入幕，即从政。孟浩然"运筹将入幕，养拙就闲居"句流露出对告八入仕的羡慕之情。告八，名字事迹不详。告当为姓，与部同。告八，排行第八。

君看唐僧路，大难多出圈[①]。

圈外唐僧肉，圈内步可闲。

文人从政多，汨罗事不远[②]。

六十五岁生日有感　│　2022年5月27日

平生问学为国忧，窥镜不觉白了头。

终究不悔少壮事，文章已见烽火楼。

战旗猎猎风啸啸，皇冠满地乱王侯[③]。

世界百年大变局，西风残花顺水流。

[①] 出圈，指悟空为保护师父为玄奘画的安全圈。玄奘经历千辛万苦取经回长安后，太宗于公元645年、648年邀请其入仕从政，都被谢绝。太宗感动，为他的译经写了《大唐三藏圣教序》，高宗永徽三年（652年），朝廷在慈恩寺西院建大雁塔。

[②] 指屈原投汨罗江事。应和杜甫诗《天末怀李白》最后四句"文章憎命达，魑魅喜人过。应共冤魂语，投诗赠汨罗"的感慨。

[③] 1887年12月15日，恩格斯对十五年后发生的第一次世界大战有准确的预测。他写道："对于普鲁士德意志来说，现在除了世界战争以外已经不可能有任何别的战争了。这会是一场具有空前规模和空前剧烈的世界战争。那时会有八百万到一千万的士兵彼此残杀，同时把欧洲都吃得干干净净，比任何时候的蝗虫群还要吃得厉害。三十年战争所造成的大破坏集中在三四年里重演出来并遍及整个大陆；到处是饥荒、瘟疫，军队和人民群众因极端困苦而普遍野蛮化；我们在商业、工业和信贷方面的人造机构陷于无法收拾的混乱状态，其结局是普遍的破产；旧的国家及其世代相因的治国才略一齐崩溃，以致王冠成打地滚在街上而无人拾取；绝对无法预料，这一切将怎样了结，谁会成为斗争中的胜利者；只有一个结果是绝对没有疑问的，那就是普遍的衰竭和为工人阶级的最后胜利造成条件。"恩格斯：《波克罕〈纪念1806至1807年德意志极端爱国主义者〉一书引言》（1887年12月15日），《马克思恩格斯选集》第4卷，人民出版社1972年版，第267页。

昨夜阵雨 | 2022年6月12日

昨夜阵雨，错过的雨[1]。

昨夜酒醉，华丽的雨。

夜半梦醒，雷声远去。

推轩问天，天墨不语。

来也吾生，文曲星[2]稀。

去也吾生，满心谢意。

一谢父母，二谢天地。

云雨云雨，秋红春绿。

夜半红云，天边泛起。

麻辣烫 | 2022年7月12日

常吃麻辣烫，周氏和张亮[3]。

南北味道全，全席一碗汤。

菜素蒜葱辣，辣油麻酱旁。

餐时口感酥，餐后回味香。

---

① 坊间"雷阵雨"也称"错雨"。
② 文曲星，星宿名之一，为北斗第四星。神话传说中，文曲星主文运，武曲星主武运，二者相互对应。
③ 麻辣烫食品的两种品牌。

明月不负好教师 | 2022年9月10日 教师节·中秋节

明月不负好教师，种瓜得瓜花甲时。
浮生不计吃亏事，是盈是亏老自知。

重阳旧忆 | 2022年10月4日重阳节

　　记得我小时院里有一棵很大的皂角树，树下有两块石板，夏天知了叫声阵阵。厨房在院里，厨房旁边有棵丁香树。那时没有空调，天热了我和家人铺席睡在院里，我常睡在石板上，仰望天空，数着星星，听着父亲给我讲故事，慢慢在阵阵知了声和丁香花香味中入眠。人老后常念那段童真的日子。正是：

九九明镜窥白发，月圆常忆少年家。
小院低屋皂角树，老路青苔两边花。
厨房丁香母亲音，夜来花开父亲茶。
最念儿时石板梦，重阳酽酒唤爸妈。

嫦娥问酒 | 2022年10月6日戌时

　　一个下午写作，不知不觉天色已晚。抬眼忽见窗外明月，心生感动，赋诗赞曰：

方寸不觉月色浅，埋首文章字句间。

嫦娥欲问桂花酒，芳心羞容红晕掩。[①]

喝酒 ｜ 2022年10月9日

白云无边白云飞，一二友朋喜相会。
把酒言谈域外事，喝高互猜你是谁？

理论本质是实践 ｜ 2022年11月1日

　　青年人由于缺乏经验，做学问主要靠大胆猜想与逻辑反驳，喜欢提出诸如"上帝死了"之类的命题从原逻辑上打倒对方，最后还不忘信心满满地加上一句"鉴定完毕"。老了就知道这是满满的无知。人在外挨打了才知父亲不易。我青年时不知深浅，常与父亲争辩，自信"吾更爱真理"。到自己也上了年纪，当自己的孩子与我争论时，我才知道那个心痛——心痛也得受着，谁让那是自己的孩子呢。五十多岁时我回家向父亲道歉，父亲说："怎么这时想起道歉了？"我说："现在不道歉，将来就没有机会了。"所以我说："经验介入学问是学问进入成熟阶段的标志，也是学者成熟的标志。"正是：

文章不与字句争，是非不在嘴上辩。

---

① 最后两句的意思是：嫦娥看我写作清苦，想陪我小酌，又害羞不好意思说出口。

伟人常说不争论^①，常人退休思从前。
形式逻辑没大用^②，理论本质是实践^③。
湘江魂哭王明蠢，此前虚名吹破天。

思故乡（四首）

01 明月隐高树 ｜ 2022年1月9日晨6: 07

念西安友人

明月隐高树，晓星沉平湖。
三秦茉莉香，可饮一杯无?

02 春夜偶感 ｜ 2022年2月8日子时

新春夜风寒，老歌心犹暖。
明月隐高树，闲步灯阑珊。

---

① "不搞争论，是我的一个发明。不争论，是为了争取时间干。一争论就复杂了，把时间都争掉了，什么也干不成。不争论，大胆地试，大胆地闯。"《邓小平文选》第3卷，人民出版社1993年版，第374页。
② 1958年6月17日晚，毛泽东在中南海游泳池住处同周谷城谈形式逻辑问题。毛泽东说："形式逻辑本来就是形式的，要把它同辩证法混同，甚至改成辩证法，是不可能的。" 中共中央文献研究室编：《毛泽东年谱（1949—1976）》第3卷，中央文献出版社2013年版，第371页。
③ "人的思维是否具有客观的真理性，这不是一个理论的问题，而是一个实践的问题。人应该在实践中证明自己思维的真理性，即自己思维的现实性和力量，亦即自己思维的此岸性。关于离开实践的思维是否具有现实性的争论，是一个纯粹经院哲学的问题。" 马克思：《关于费尔巴哈的提纲》，《马克思恩格斯选集》第1卷，人民出版社1972年版，第16页。

03 忆少年 | 2022年10月9日

明月隐高树，窗影回家人。
老歌忆旧事，秦音画梦沉。

04 晚见灯火偶感 | 2022年11月7日

明月隐高树，乌啼秋风寒。
念念长安人，家家灯火暖。

树掩月羞涩，窗影回家人。
风卷黄叶舞，炫炫若花神。

后羿 | 2022年11月8日晚9：00

　　　　今晚月食，月亮隐红而白，想到李商隐的
《嫦娥》，伤感后羿。正是：

云母屏风烛影深，月白渐隐红梦沉。
嫦娥应悔灵药事，后羿泪眼望月人。

冬至嘱语 | 2022年11月12日

　　　　昨夜雨急，闻报近有雨夹雪。晨起见一地落
叶，触动老心。正是：

落叶纷谢秋已去，风雪来前天无语。

冬至人老莫动远，留藏精神听春雨。

叶红 ｜ 2022年11月16日

树高日落圆，叶红天犹蓝。
花湿满眼泪，风送夕鸟还。

秋伤 ｜ 2022年11月19日

落花纷纷如雨，落叶籁籁若泪。
叶黄秋红渐远，泪黄少年老归。

夜静忆 ｜ 2022年11月19日子时

黄叶籁籁落老泪，夜静最忆长安人。
长安少年峥嵘日，花甲秋红画梦沉。

落花 ｜ 2022年11月20日

落花本是无情物，文木因名偏爱它。
文也木也皆春秋，古今文章一杯茶。

冬雪花莲①燕飞回　｜　2022年11月27日

雷走电闪天欲坠，风高浪急海如晦。
忽梦莲花如来影，冬雪花莲燕飞回。

鹿野苑　｜　2023年3月26日

半生浮云半生缘，夜深入梦半生甜。
白鹿侧卧问君意，天竺酒醉鹿野苑②。

遇雨偶感　｜　2023年4月21日

江南小街雨如注，人老酒浊梦西湖。
雨打梨花流水去，半生浮云一部书③。

---

① 花莲：台湾花莲，战略要港。
② 根据法显在《佛国记》的记述，佛祖的前世迦叶佛（辟支佛）居住于此并有野鹿经常出没，故而得名"鹿野苑"。据说，公元前531年，释迦牟尼在菩提伽耶觉悟成佛后，来到鹿野苑，找到了原来的五位侍者，为其讲演四圣谛，他们因此有所证悟，随即出家为五比丘僧，佛教的佛、法、僧三宝至此初创完成。现在鹿野精舍西南方向不远处的乔堪祗（Chaukhandi Stupa）遗址，也称为五比丘迎佛塔，是佛陀初转法轮的纪念地。2000年，我在印度尼赫鲁大学访学，曾两次拜谒鹿野苑。
③ 一部书，指笔者退休那年（2020年）由山东人民出版社出版的十卷本《张文木战略文集》。

叹春 | 2023年5月8日

白云蓝天荷红影，流水小桥映湖镜。
五月长叹春去也，忽见伞下好风景。

画屏 | 2023年5月13日

云雾撩春色，晚舟倒影轻。
天赐一江水，远近皆画屏。

一梦浮云南北间 | 2023年6月8日
从南京回北京偶感

清晨鸟语问早安，紫金情深步亦闲。
琵琶湖①映白云深，一梦浮云南北间。

老梦童画忆 | 2023年6月13日

天幕乌云起，犹见灯依稀。
天地忽倒悬，老梦童画忆。

---

① 位于南京市玄武区钟山风景名胜区内明城墙中山门段处，是古燕雀湖的遗留，也是广义燕雀湖（包含前湖、琵琶湖、梅花湖）的组成部分。

黄山记忆

01　黄山老街忆旧　│　2023年6月15日

来黄山市讲课，晚游黄山老街，见年轻人灯下牵手，相偎依依，想到自己的少年时代……

黄山老街情依然，牵手最忆是少年。
浪漫不忘低语时，松手两隔难相见。

02　不看山　│　2023年6月15日

来黄山市讲课，本想上黄山，后听说这些天游客如织，遂放弃。晨起游附近小山，别有洞天。正是：

黄山之行不看山，小屋周边听雀欢。
鸟语花香诗梦回，桃花源中走神仙。

倾心字里行间　│　2023年8月20日

校稿遇雨有感

窗外秋雨骤然，灯下我心乾乾。
校稿不觉寒暑，倾心字里行间。

七夕忆　│　2023年8月22日七夕

长忆情深手两牵，七夕心倾恋人远。

不忍玫瑰剪还乱，最美羞涩红晕添。[①]

秋思 ｜ 2023年10月28日

秦地红黄秋已深，落叶烟雨故乡人。
长安亭榭落日远，梦忆雁塔梵音沉。

道酬勤 ｜ 2023年11月19日

大者无久恒，蚂蚁不服金。
人矮苦无足[②]，天高道酬勤。

子时 ｜ 2023年12月29日

枯树白月寒风沉，青灯黄卷读书人。
岁末不忍辞旧岁，几家已换新门神。

夜半 ｜ 2023年12月30日

昨晚月白风寒时，醉醒夜半酒与诗。

---

① 最后两句是说：何必要剪那么多玫瑰呢？姑娘含蓄的羞红才是最美的"玫瑰"，可惜后者越来越少了。
② 曹操："人苦无足，既得陇复望蜀邪。"〔宋〕司马光：《资治通鉴》卷六十七《汉纪五十九·献帝建安二十年》，中华书局1956年版，第2140页。

酒诗相逢太白意，诗酒一别工部[①]痴。

热血仍少年 ｜ 2024年1月1日

风低苍茫远，楼高红满天。
冰河落日美，热血仍少年。

小街观雨 ｜ 2024年1月14日

大雨雾空蒙，小街炊烟动。
茶香禅音远，几家灯火红。

龙起 ｜ 2024年1月18日

夜幕降临，晚霞如火，状如在渊潜龙，正是：

白云横九派[②]，黑天藏地火。
风高九万里，龙起我中国！

---

① 工部：杜甫，唐代诗人。广德二年（764年）春，严武再镇蜀，严武表荐杜甫为检校工部员外郎，后人又称杜甫为杜工部。三、四句意为酒醉时喜欢李白，酒醒时痴迷杜甫。
② 九派：泛指长江。长江在湖北，江西一带，分为很多支流，因以九派称这一带的长江。

岁末遇雪 | 2024年1月20日

窗外落雪思飞驰，灯下血热读书痴。
人老岁末梦春早，酒稠茶香赋新诗。

窗影 | 2024年2月9日除夕

今除夕，一年又过去了，岁末动情是窗影，
它伴我度过了一个又一个春夏秋冬，赋诗赞曰：

窗前文竹叩清晨，灯下夜夜读书人。
东天泛白人影浅，竹影爬窗雪又深。

受邀海南授课有感 | 2024年3月4日

好茶好香好意境，阁楼读书好心情。
忽见邀函授课去，遥想南海白鸥影。

读图 | 2024年3月5日

海阔落日远，涛沉灯火近。
三月柳色浅，空香落花新①。

———————————
① 此句意境出自孟浩然《登总持寺浮图》："坐觉诸天近，空香逐落花。"

南山寺 | 2024年4月19日，于海南岛三亚市

少年多蹉跎，人老心悲慈。
虔诚海南岛，开光南山寺。

爱与恨 | 2024年5月11日

最爱枪剑与诗词，国事家事戎与祀。
一生厌恶八股腔，终生追随毛润之。

白纸黑字不语 | 2024年5月20日

不必解释什么，只管做好自己。
万物结局自在，好坏迟早而已。
方向相信中央，学术相信自己。
坚守实事求是，合眼自顺天意。
昨日呼吁海权，只为中国奋起。
两岸统一可见，规律写在书里。

俄乌冲突开始，我说俄国胜利[1]。

事过两年回看，白纸黑字不语。

回临潼 ｜ 2024年5月25日，于临潼

乡音未改乡心沉，逢人都觉家乡人。

临潼最念那年雨，而今回家迷彩[2]深。

---

[1] 2022年2月，俄乌冲突开始，同月19日我在互联网朋友圈发表《普京必赢的条件》，原文如下：

普京必赢，条件如下：

一，得道。

二，目标有限。

三，战线非常短。

四，大平原，有利于俄罗斯占据优势的陆军集团作战。

五，离开阔海域太远，西方占优势的海军无法介入。

六，相对于这样的军事行动而言，俄罗斯的资源绰绰有余。

七，中俄战略合作稳定，远东无虞。

八，有绝对手段，核武器。

第一条，得道多助。与20世纪50年代抗美援朝时的美国比，今天美国失道的地方已经多得太离谱了。这次行动在俄罗斯国内有前所未有的共识。美国、欧洲乃至乌克兰国内都远没有这个条件。

第二、三、四、五、六、七条决定普京打得起持久遑论速决战。只有山地为主的国家比如中国、阿富汗、西班牙、朝鲜等，和纵深特别广大的国家比如俄罗斯，才有进行持久战的地缘条件。而乌克兰两个条件均没有。1853—1856年英法几乎用了吃奶的力气拿下克里米亚后也只有悻悻退出，1941年9月希特勒拿下基辅后又退出，说明今天的北约，如果它头脑还好使的话，即使用了吃奶的力气，也不会比希特勒更强。

第八条，有托底手段。

普京也有输的可能，那就是出现戈尔巴乔夫式的人物取代普京或普京突然变成戈尔巴乔夫，目前看这些均不可能，俄罗斯人也不允许——有意思的是，这次行动也得到戈尔巴乔夫的支持。

说明：原来写了七条，后又加了一条众所周知的中俄战略合作。其余不变。

[2] 迷彩，指人民解放军，这次来临潼是给部队讲课，上课时满眼都是迷彩装，很动情。

天生何丽质 | 2024年9月17日中秋节
中秋月诗赞

天生何丽质，晴阴都是诗。
凤落花失色，云起春无时[①]。
蓬莱藏书阁，骊山华清池。
月圆中秋醉，轻吟稼轩词。

冬梅赞 | 2024年9月19日

何美美兮冬梅，春来不争花魁。
只待秋红褪尽，梅艳王者荣归！

青花瓷 | 2024年9月24日

瓷花如诗诗若瓷，青瓷泥陶少年志。
品茗长江秋红忆，不负思想人老时。

偶得茶闲 | 2024年10月4日，香山

少年读书爱问天，老来偶得红茶闲。
浮生常念香山美，英雄一醉为红颜！

[①] 春无时：永远是春天。

出南站诗 ｜ 2024年10月21日

在开往南京的列车（G13）上，倚窗远眺，秋雨潇潇，山色如墨，天色将暗，南京至。感而赋诗：

潇潇雨不歇，倚窗思庄蝶。
山远沉秋云，花近轻音乐。
风吹书翻卷，天暗灯影斜。
浅梦蝴蝶飞，满眼乱红叶。

红叶秋老话不多 ｜ 2024年10月30日

时光煮酒借天火，青春低吟动地歌。
黄河少年纵诗情，红叶秋老话不多。

枫红 ｜ 2024年11月3日

落枫一抹是秋红，茶香袅袅听弦空。
半江瑟瑟半江影，忽闻高楼送晚钟。

梦蝶 ｜ 2024年11月9日

动情都在老泪时，红烛春心少年痴。
南屏晚钟湿飘雨，黄叶梦蝶乱秋池。

素雪 | 2024年11月9日

秋红倍衬雪素真，四顾八荒无来人。
冬近冉冉暖日起，春远无心寒风沉。

秋水佳人 | 2024年11月11日

晓迎红云满天霞，夕送霓裳美如画。
半山柿子好风景，秋水佳人赏落花。

观苍穹 | 2024年12月16日

　　　　读朋友摄影，照片中老树树干开裂一道眼状
空洞，让人想起"风物长宜放眼量"的诗意。

萧瑟不独在秋红，落日余晖古今同。
老树不堪昏鸦闹，开裂天眼观苍穹。[①]

---

① 最后两句寓意：现在网上信息杂乱，我们要"风物长宜放眼量"，坚信道
路是曲折的，前途是光明的。

可道可贺在新年 | 2025年1月1日元旦

> 朋友圈看到山东大学教课时的学生，念旧了
> 并问候新年。

济南老校记忆暖，相别一梦南北间。
常见点赞心犹近，可道可贺在新年。

寄语学生并祝新年进步

01　学问高处不胜寒 | 2025年1月1日元旦

学问高处不胜寒[①]，亚圣夫子步亦闲[②]。
利欲虽有不熏心，功夫着力文字间[③]。

02　老闲才显本领 | 2025年1月2日

战场不能矫情，赢了方可任性。
漂亮只是浮云，老闲才显本领。

---

① 高段位的学问没有热闹的；大学问家没有不孤独的。
② 亚圣：孟子。此句指学问通了的人就可"闲庭信步"，正所谓："君子坦
荡荡，小人长戚戚。"
③ 此句反衬那些没有像样著作只将功夫用于短视频却自称"学者"的人。

南念　｜　2025年1月9日

致友人

广宇浩渺烟虚，海波潋滟澹远。
忽闻白鸟南飞，犹觉吕音①缠绵。

春水东去总无情　｜　2025年1月11日

读秦史宋史有感

"焚坑事业要商量"②，空议国事血溅腥。
孔子若知靖康耻，定会痛斥下手轻。
北宋盛产"少正卯"，国难近逼人躺平。
苏轼若知靖康耻，"也无风雨也无晴"。
江西荒坟哭李德，湘江泪飞满天星。
遵义不是清谈处，春水东去总无情。

北雪梦花　｜　2025年1月15日，写于南航从三亚至北京6711班机上

仰长空浩荡兮，驾风车之北方。
任意于日月兮，听玲珑之回响。

---

① 中国古代音乐十二律中的阴律，有六种，总称"六吕"。《周礼·春官·大司乐》："乃奏黄钟，歌大吕，舞云门，以祀天神。"徐元勇：《中国古代音乐史研究备览》，安徽文艺出版社2015年版，第266页。
② 薛泽石：《听毛泽东讲史》，中央文献出版社2003年版，第77页。

颂彩云欢快兮，谢天地之恩长。

问高阳[①]北雪兮，梦花海之荡漾。

情依依不舍兮，意南北而感伤。

编撰文木诗集有感　│　2025年1月

叶红云湿风老，远树泛绿春近。

一阴一阳道深，亦道亦儒诗心。

一比一兴隽咏，诗以言志长吟。

花甲懂事业双[②]，浮生梦残书新。

---

① 颛顼（zhuān xū），姬姓，高阳氏，黄帝之孙。上古部落联盟首领，"五帝"之一。颛顼辅佐少昊有功，封地在高阳（今河南省杞县高阳镇），故号高阳氏。少昊死后，颛顼打败争夺帝位的共工氏，成为部落联盟首领，号"高阳氏"。始都穷桑，后迁都商丘。

② 可理解为我成就事业两大基础，即唯物论和辩证法；也可解释为我一生进行了战略研究并在花甲年后出版了《张文木战略文集》，现在又要出版我的战略诗集，很是欣慰。